VON WÖLFEN VERFÜHRT

ASH WÖLFE REIHE

MILA YOUNG

Translated by
VALORA KENDRA ROUCEK

CONTENTS

ASH WÖLFE SERIE

Von Wölfen Verführt

Von Wölfen Beansprucht

Von Wölfen Besessen

VON WÖLFEN VERFÜHRT

Starke Beschützer. Schicksalsgefährten. Und ein tödliches Geheimnis.

Sie nennen mich eine Ausgestoßene, schwach.

Ich habe mein ganzes Leben lang ums Überleben gekämpft, bin vor einem Angriff auf meine Familie geflohen und habe mich schließlich bei den Ash-Wölfen versteckt. Dieser eine Schritt könnte mein größter Fehler von allen sein. Und ich bin die Königin der Fehler ...

Ich lasse sie glauben, dass ich kaputt bin, lasse sie die Lügen glauben. Ich lasse sie glauben, was sie wollen ... solange es nicht die Wahrheit ist.

Da ist ein Monster in mir, eines aus Zähnen und Klauen und schrecklichem Verlangen. Ich schlucke es hinunter, verstecke mich unter dem Vorwand, normal zu sein. Aber ich bin nicht normal. Ich bin alles andere als das.

Eine Bindung ist das Einzige, was uns retten wird - mich und das Ash-Rudel. Nur brauche ich jemanden, der stark genug ist, die Dunkelheit in mir zu bekämpfen ... und wild genug, um zu bleiben.

Werden die rücksichtslosen Wolfwandler mir helfen, wenn sie die Wahrheit darüber herausfinden, was ich bin?

Dies ist Buch 1 einer paranormalen Romantrilogie für alle, die starke Beschützer, Wolfswandler und heiße Szenen lieben.

PROLOGUE

Meira

Das Knarren der Tür warnt mich vor jemandem, der mein Zimmer betritt.

"Mama?" Erwartungsvoll drehe ich mich im Bett um.

Aber es ist Jaine, unsere Nachbarin. Mit wilden haselnussbraunen Augen und unordentlichem blonden Haar eilt sie zu mir, noch in ihrem blauen Nachthemd mit Flicken. Ihr Gesicht ist blass, ihre Atemzüge sind flach und rasselnd. Ich erinnere mich an das Blut und die Tränen, die ihre Wangen tränkten, als sie das erste Mal in unsere Siedlung kam, nachdem die Schattenmonster ihre Familie getötet hatten. Es macht mir immer noch Angst, mich an die

Furcht in ihrem Gesicht zu erinnern ... und jetzt hat sie denselben Blick, als sie in mein Zimmer eilt.

Die Haare in meinem Nacken stellen sich auf, und ich ziehe meine Decke an die Brust, ein Wimmern kommt über meine Lippen. "Was ist hier los?"

"Meira, Süße", flüstert sie und atmet schwer. Sie ist ein bisschen jünger als Mama, aber sie passt schon auf mich auf. "Der Tod pirscht sich an den Tag heran. Wir müssen jetzt schnell und leise sein." Sie verschluckt sich an ihren schnellen Worten, während ihr die Tränen über die Wangen rinnen. In Jaines Augen ist ein Glitzern, ein Fenster, das einen Blick auf ihre Wölfin offenbart, die knapp unter der Oberfläche lauert. Ihre Angst verdichtet die Luft in meinem Zimmer.

Ich setze mich aufrecht im Bett hin und straffe meine Schultern. "Wo ist Mama?" Das Morgenlicht durchtränkt mein kleines Zimmer, und draußen huschen Silhouetten an den Fenstern vorbei. Ihre Schatten sind ein beängstigendes Puppenspiel, das sich vor meinen zugezogenen Vorhängen abspielt.

Sie bewegen sich schnell.

Es sind zu viele von ihnen. Wir bestehen aus einem Dutzend Frauen, die sich in dieser Siedlung vor der Gefahr draußen verstecken. Die drei Meter hohen, mit Stacheldraht gesäumten Metallzäune haben sie immer ferngehalten.

"Jaine, was ist hier los?"

"Die Kreaturen sind hier." Sie wirft einen Blick über die Schulter auf die angelehnte Tür. "Du musst dich verstecken."

Ein Schauer durchläuft meinen Körper. Ich hasse die Schattenmonster. Zitternd schlinge ich die Arme um mein Pyjama-Oberteil und meine Hose. Wir waren schon einmal auf der Flucht vor den Kreaturen, dann haben Mama und ich diesen Ort gefunden. Unsere Zuflucht. Zumindest dachte ich das.

"Ich muss Mama finden", flüstere ich.

Aber Jaine antwortet mir nicht. Sie packt mich nur am Arm und reißt mich aus dem Bett.

Schmerzen durchzucken meine Glieder, von der Krankheit, an der ich seit meiner Geburt leide. Ich zucke zusammen, als ein Schmerz, der Krallen ähnelt, über mein Fleisch zieht. Mama besteht darauf, dass es mit meiner Wolfsseite zu tun hat, die versucht, herauszukommen. Ich bin schon vierzehn und habe immer noch nicht meine erste Verwandlung erlebt. Eigentlich dürfte ich nicht mehr leben, aber Mama sagt, ich sei ihr Wundermädchen. Seit Jahren sind wir vor den Wölfen geflohen, die mich für das, was ich bin, getötet hätten, und wir haben uns anderen weiblichen Siedlungen angeschlossen, um mich in Sicherheit zu bringen. Mama lügt die anderen Frauen an und sagt, ich sei erst elf und noch nicht in der Pubertät, damit sie mich nicht töten. Ich bin dünn und sehe jung aus für mein Alter. Bis jetzt haben wir überlebt.

"Lass uns schnell und leise sein, Meira. Wiederhole diese Worte in deinem Geist."

Mein Magen schmerzt so sehr. Mein Blick schwenkt zu den Fenstern, auf den Tumult draußen. Jemand schreit, und ich zucke zusammen und halte mich an Jaines Arm fest. Warum kommt Mama nicht, um mich zu holen? Wo sind alle anderen?

Das ist ein sicherer Hafen. Das ist unser Zuhause.

Aber Mama hat sich geirrt. Die Schattenmonster sind eingebrochen, wie sie es immer tun.

Jaine beugt sich runter, fasst meine Schultern und sieht mir in die Augen. "Wiederhole die Worte: schnell und leise. Immer und immer wieder."

Tränen steigen mir in die Augen. Ein Jahr des Friedens. Das ist alles, was uns vergönnt war, und jetzt stehen die Dämonen wieder vor unserer Tür.

Jaine nimmt mein Handgelenk, und wir ducken uns tief, während wir aus meinem Schlafzimmer und den Flur hinunter eilen. Sie öffnet leise die kleine Schranktür im Flur, wo wir Besen und Winterstiefel aufbewahren. Mama hat mich das so oft üben lassen, bis ich sie mit verbundenen Augen finden konnte. Auch an der Innenseite der Tür gibt es ein Schloss.

"Schnell und leise, kleines Mädchen, okay?" Jaines Stimme ist panisch und zittrig.

Ich stolpere in das Versteck und drehe mich zu ihr um. Mein Herz hämmert in meinen Ohren. "Ich habe Angst."

Ein explosives Krachen kommt von irgendwo im Hintergrund und lässt das ganze Haus erzittern. Jaine schließt hastig die Tür, und die Dunkelheit verschluckt mich. Mit zittrigen Fingern ziehe ich das Metallschloss zu und weiche zurück, bis meine Fersen gegen einen Eimer stoßen. Ich kauere mich in der Ecke zwischen fadenscheinigen Klamotten zusammen und drücke meine Knie aneinander.

Ich schaukle hin und her und versuche, nicht zu laut zu wimmern.

Schnell und leise.

Wir sollten hier sicher sein. Mama hat es mir versprochen.

In der Ferne schreit eine Frau, und ich erschaudere.

Donnerndes Knurren, zerbrechendes Glas und scharrende Schritte treffen auf die Dielen. Ich atme die Schreie ein und klammere mich um meine gebeugten Knie.

Schattenmonster sind im Haus.

Ich kann nicht atmen ... Sie werden mich in Stücke reißen.

Es gibt ein schabendes Geräusch, als ob etwas über den Boden geschleift wird. Dann wird es totenstill.

Alles, was ich höre, sind mein Atem und das Hämmern meines Herzens.

Schatten ziehen über die Holzlatten vor meiner Tür. Mit ihnen kommt ein ranziger Fleischgeruch. Mein Magen zieht sich so sehr zusammen, dass ich denke, ich muss mich übergeben.

Ich zucke zusammen, als ein weiterer Schrei die Luft durchdringt, und ich beiße mir auf die Unterlippe, um nicht zu schluchzen.

Jemand knallt gegen die Wand direkt vor meinem Versteck. Ich schiebe mich nach hinten, mein Rückgrat drückt gegen die Wand. Jeder Zentimeter von mir zittert heftig, aber ich sage nichts. Keinen Ton. Sonst würden sie mich hören.

Ein schlürfendes Geräusch, vermischt mit Schreien, füllt meine Ohren.

Ich möchte schreien, weglaufen. Ich halte mir die Hände an die Ohren, ziehe das Kinn an die Brust und wiege mich hin und her.

Schnell und leise.

Schnell und leise.

Schnell und leise.

Schnell und leise.

Ich weiß nicht, wie viel Zeit vergeht. Tränen benetzen meine Wangen. Ich kann nicht aufhören zu zittern. Schließlich dränge ich mich vor und drücke mein Ohr an die Tür. Schweiß rinnt mir den Rücken hinunter. Meine Beine krampfen, weil ich so lange auf einer Stelle gesessen habe. *Mama, wo bist du?*

Als ich zu unruhig werde, um weiter zu warten, öffne ich das Schloss. Die Tür knarrt, als ich sie aufstoße. Mein Herz bleibt stehen.

Ich erstarre auf der Stelle.

Einatmen.

Ausatmen.

Hier zu sitzen, macht mich zu einem leichten Ziel. *Schnell und lautlos.* Also zwinge ich mich, nach draußen zu sehen.

Die Wände sehen aus, als hätte sie jemand mit roter Farbe bespritzt, aber der ekelhafte Geruch verrät mir, dass es Blut ist.

Jaine liegt auf dem Rücken, ihre Beine und Arme sind verdreht und gebrochen. Ihr Bauch ist aufgerissen. Zerschmetterte Rippen stechen durch den Stoff ihres Pyjamas. Mir wird schlecht.

Angst steigt in meiner Kehle hoch.

"Hab keine Angst vor dem Tod", würde Mama sagen. *"Unsere Körper sind nur Gefäße, bevor wir in den Himmel aufsteigen. Wenn du einen Toten siehst, schau einfach weg und geh weiter."*

Ich reiße meinen Blick von Jaine los und krabble aus dem Schrank.

Die Stille ist erdrückend.

Ich bewege mich schnell durch das alte, spärlich

möblierte Haus und finde niemanden. Barfuß eile ich von einem Zimmer zum nächsten. Verlassen. *Mama, wo bist du?* Kalter Schweiß klebt den Stoff meines Pyjamas an meine Haut.

Es gibt noch andere Häuser in diesem Gehöft, in denen sie sich verstecken könnte, also schleiche ich nach draußen in den Hof.

Regen fällt, während Donner durch die Luft grollt. Ein Blitz zuckt über den Himmel.

Ich erschrecke bei dem Anblick, der sich mir bietet.

Überall liegen Leichen, Chaos um mich herum. Mütter. Kinder. Wachen. Ein stechender Schmerz zerreißt mich. Ich hätte versuchen sollen, zu helfen, anstatt mich zu verstecken. Ich schaue in bekannte Gesichter, mein Magen brennt vor Übelkeit, Freunde und Nachbarn auseinandergerissen und blutend zu sehen.

Ich eile von einem Körper zum nächsten, auf der Suche nach ihrem Gesicht. Hoffnung flackert in mir auf, dass sie es lebend raus geschafft hat. Dass sie ein Versteck gefunden hat. Ich drehe mich um, und mein Blick landet auf einem bekannten Gesicht.

"Mama!" Ein Schrei entweicht meinen Lippen, und ich stürze nach vorne und lasse mich neben ihr auf die Knie fallen. Blut strömt aus der tiefen Wunde an ihrer aufgerissenen Kehle. Ich kann mir die

Verletzung nicht ansehen, also umarme ich ihr Gesicht und lege meines dicht an ihres, so wie sie es immer mit mir gemacht hat. Unsere Nasen berühren sich; ihre Haut ist kühl gegen meine. Tränen fallen und tropfen auf ihre Wangen. Dunkelbraunes Haar breitet sich um ihren Kopf aus, ihre Haut ist blass und blutverschmiert. Alle sagen immer, ich sei so schön wie sie, mit spitzen Wangenknochen, einer kleinen, mit Sommersprossen besprenkelten Nase und einem runden Gesicht. Aber die einzige Ähnlichkeit, die ich in diesem Moment sehe, sind die hellbronzenen Augen, in die ich schaue.

"Mama." Das Wort kommt mir über die Lippen.

Mein Inneres zerspringt wie Glas.

"Mama! Bitte! Wach auf." Ich halte ihr Gesicht fest, meine Arme zittern. "Bitte verlass mich nicht." Alleine überlebe ich nicht. Ich bin völlig allein.

Sie antwortet nicht, und ich weine nur an ihrer Seite. Mama ist alles, was ich noch auf der Welt habe. Mein Atem geht stoßweise, und ich schlinge die Arme um mich. Ein kalter Wind schneidet durch mein Haar. Der Regen kommt jetzt heftig herunter und durchnässt mich, aber ich rühre mich nicht.

Mama wird mich nie wieder in ihre Arme ziehen oder mein Gesicht mit Küssen bedecken. Sie wird mich nie mehr mit Kitzeln aufwecken. Oder mich nachts festhalten, wenn die Stürme kommen. Ich fühle mich so verloren. So wütend. So verängstigt. Meine Atemzüge kommen nicht leicht, während meine untröstlichen Schluchzer in der Luft schweben.

Mama sieht so friedlich aus, wie sie daliegt, ihre Muskeln sind entspannt, im Gegensatz zu ihrer ständigen Anspannung, als sie noch lebte. Mein Herz gibt ein schmerzhaftes Pochen von sich, als ein tödliches Knurren hinter mir ertönt.

Ich reiße meinen Kopf hoch und drehe mich schnell um. Entsetzen schießt durch mich hindurch.

Ein Schattenmonster steht an der Ecke des Hauses. Schlaksig und dünn, seine zerrissene Kleidung hängt locker von seinem ausgemergelten Körper. Er hat keine Lippen, sie wurden weggefressen. Nur Zähne, abgebrochen und verfärbt. Das ist alles, was ich im ersten Moment sehe. Dann die hervortretenden Augen im hageren Gesicht. Er ist so abgemagert ... ausgehungert.

Ich kämpfe mich rückwärts auf die Beine, die Panik tritt mir in den Magen.

Er taumelt vorwärts, stöhnt.

Ich weiche zurück und will, dass die Welt sich öffnet und mich verschlingt.

Aber die Kreatur kommt nicht zu mir. Er fällt vor einer toten Frau auf die Knie und schiebt seinen Mund in ihren aufgerissenen Bauch, frisst. Das schlürfende Geräusch lässt mich würgen.

Galle steigt mir in den Hals. Ich zucke zurück, als mich jemand an der Schulter streift.

Ich wirble herum, schreie, als ich eine weitere Kreatur nur Zentimeter von mir entfernt sehe. Mein Instinkt setzt ein und ich weiche zurück. Haare wie Stroh baumeln über ihr lebloses Gesicht. Mein Fuß stößt gegen etwas und ich falle. Als ich auf dem Boden aufschlage, krieche ich rückwärts und bemerke das fleischige, blutige, abgerissene Bein, über das ich gestolpert bin.

Angst pocht durch mich, während mein Gehirn taub wird. Ich kann das nicht tun. Ich schaffe es nicht.

Die Kreatur stürzt sich auf mich.

Ich schreie und weiche zurück.

Aber es stürzt sich auf das tote Kind neben mir. Mein Herz hämmert in meiner Kehle.

Die Schattenmonster haben mich nicht gesehen. Wie kann das sein? Es ist, als ob ich unsichtbar wäre oder so.

Das ist es, was ich bin. Unsichtbar. Ich muss das glauben, sonst bewege ich mich nicht.

Ich rapple mich auf und finde einen abgerissenen Finger, der mit einer undefinierbaren roten Masse auf meiner Pyjamahose festgeklebt ist.

Übelkeit pulsiert durch mich.

Der Kopf des Untoten schnappt in meine Richtung, sein Blick fällt auf den Fleck. Ich schiebe die

Hose an meinen Beinen herunter und werfe sie zur Seite. Ich zucke zurück, als die Kreatur den auf dem Boden zerknitterten Pyjama beäugt.

Eine andere Kreatur taumelt heran, stößt gegen mich, bevor sie sich an mir vorbeidrängt. Ein erstickter Schrei entweicht meinen Lippen, und ich schlage eine Hand auf meinen Mund, um mein Schluchzen zu unterdrücken. Ich weiche vor dem Strom von Untoten zurück, der durch den kaputten Zaun auf mich zukommt.

Gott, es sind so viele.

Schattenmonster waren einst Wandler, genau wie ich. Oder vielleicht auch nur Menschen, oder einer von vielen anderen Übernatürlichen auf dieser Welt. Mama sagte, das Virus, das unsere Welt zerstörte, machte keinen Unterschied und nahm sich jeden, den es konnte, und verwandelte sie in Untote.

Keines der Schattenmonster schaut auch nur in meine Richtung, aber sie stürzen sich auf die kürzlich Verstorbenen, um sich zu ernähren. Das ist alles, was sie kennen.

Mein Herz schlägt zu stark, zu schnell.

Ich weiß nicht, was los ist, aber ich muss hier raus, bevor mein seltsames Glück mich verlässt und sie mich bemerken. Also dränge ich mich an der Horde Kreaturen vorbei.

Sobald die Luft rein ist, renne ich in Richtung

Hauptstraße, meine Füße sind jetzt nackt und blutig und schmerzen, während ich den abgenutzten Pfad entlanglaufe.

Jaine hatte recht. *Schnell und leise.*

1

Meira

Fünf Jahre später

Ein Unglück kommt selten allein.

Früher habe ich dieses Sprichwort zutiefst gehasst, habe es mit Leidenschaft verabscheut. Vor allem, weil ich nicht verstand, wie wahr es wirklich war. Wie das Leben, wenn es einen Volltreffer gelandet hat, schnell noch ein paar weitere folgen lässt, nur um sicherzugehen, dass man nicht wieder aufsteht.

Ich bin kein Optimist. Ich akzeptiere das. Das Leben in einer von einem Virus verwüsteten Welt hat meinen Geist gebrochen, als ich jeden verlor, den ich je kannte ... einschließlich Mama.

"Bewegung", bellt ein muskulöser weißhaariger Alpha, als er meinen Arm packt und verdammt fest zudrückt. Er zerrt mich in die Mitte eines kleinen Flugzeugs, das mich an einen Stahlsarg mit Flügeln erinnert.

Die Seile, die meine Handgelenke am Rücken fesseln, sind zu eng. Die Reibung reißt an meiner Haut und es sticht. Ich möchte etwas sagen, aber ich schmecke noch das Blut in meinem Mund von seiner Rückhand bei meiner letzten Forderung, mich freizulassen. Also sage ich nichts und stolpere neben ihm her, um Schritt zu halten.

Es gibt keine Sitze in diesem kleinen Flugzeug, nur kleine runde Fenster und Frauen, die auf dem Boden auf beiden Seiten von mir sitzen. Acht Frauen, mich nicht mitgerechnet. Sie sitzen mit dem Rücken zu den Wänden, ihre Hände sind an eine einzige Kette gefesselt, die sie alle miteinander verbindet und sie an ihrem Platz verankert.

Jede von ihnen starrt mich mit Angst in ihren Augen an. Ihre Kleidung ist zerrissen und schmutzig. Ihre Arme und Beine sind mit blauen Flecken und Schnitten übersät ... Gott, sie sind alle ungefähr in meinem Alter, neunzehn bis zwanzig Jahre alt. Einige sind umwerfend, andere gewöhnlich, aber sie sind alle verängstigt.

Genau wie ich wurden sie von den Ash-Wölfen zur falschen Zeit am falschen Ort im Wald gefunden. Es ist meine Schuld, dass ich den Shadowlands-Sektor betreten habe … ihr Territorium. Ich hätte es besser wissen müssen, aber der Hunger bringt deinen Kopf durcheinander. Ich habe die letzten fünf Jahre allein gelebt, habe geplündert, was ich konnte, habe die Monster in den Wäldern und Wolfsrudel gleichermaßen gemieden.

Weibliche Wolfswandler sind eine Ware und anscheinend nur für zwei Dinge gut.

Paarung mit der Absicht, sich fortzupflanzen.

Oder zum Handeln, was letztendlich zu Punkt eins führt.

Und bei meinem Glück werde ich an ein anderes Wolfsrudel im fernen Westen Osteuropas verkauft. Ich zögere nur die schreckliche, unvermeidliche Paarung hinaus, die auf mich zukommt. Ich werde bis zum Ende kämpfen, bevor ich jemals einem Alpha nachgebe.

Ich beiße die Zähne zusammen, es ist mir egal, zu wem sie mich schicken. Ich werde fliehen und weglaufen. Das ist alles, was ich weiß, seit die untoten Monster in mein Zuhause gestürmt sind und jeden getötet haben, den ich kannte. Mein Bauch schmerzt bei der Erinnerung, und meine Wölfin wimmert tief in meiner Brust, aber ich verdränge die Gedanken. Nicht jetzt. Ich weigere mich, in dem Kummer zu ertrinken, den ich nicht abschütteln kann.

Der weißhaarige Wandler dreht mich herum und schubst mich dann weg, bis ich gegen die Wand stoße.

"Sitz!", knurrt er, Finsternis sammelt sich unter seinen eisblauen Augen. Er ist ein Wolfsalpha; ich rieche es an ihm wie die Elektrizität in der Luft nach einem Sturm. Der Wolfsgeruch haftet auch an ihm, und meine eigene Bestie antwortet, indem sie ihn anerkennt. Aber das Grollen in meiner Brust ist eine Warnung für ihn, wegzubleiben. Seine Anwesenheit hinterlässt einen schlechten Geschmack in meinem Mund.

Ich lasse mich auf die Knie sinken und setze mich auf die Fersen.

"Caspian, sind wir soweit? Ich habe gerade die letzte von Mihais Lieferung reingebracht", ruft der Mann, der mich ins Flugzeug gebracht hat, plötzlich und richtet seine Aufmerksamkeit auf die offene Tür, die zum Cockpit führt.

"Mad, beweg deinen verdammten Arsch hier rein."

Ich merke mir die Namen der Wandler für später, denn Wissen ist alles in einer Welt, die aus den Fugen geraten ist. Informationen können an den richtigen Käufer verkauft werden oder um sich aus einer brenzligen Situation zu befreien.

Mad schnaubt und fährt sich mit einer Hand über sein raues Gesicht. Er ist kein hässlicher Mann ... ganz im Gegenteil. Er sieht aus wie ein Mitt- bis Endzwanziger mit starken kantigen Linien im Gesicht und einer eckigen Kieferlinie, breiten Schultern und einem muskulösen Körper. Außer, dass meine Haut kribbelt. Er hat eine Aura, die nicht richtig ist. Andererseits haben die meisten Männer, denen ich begegnet bin, eine ähnliche Wirkung auf mich. Sie wollen nur eine Sache von mir. Während ich nur mein Knie in ihre Leisten rammen will.

"Scheiße, Mann", knurrt der andere Mann im Cockpit.

"Ich schwöre bei der Hölle, Caspian. Wir sind schon spät dran, nachdem Mihai darauf bestanden hat, dass er sich auf dem Weg hierher mit der Ladung verfahren hat. Wehe, du vermasselst das auch noch." Mads Oberlippe kräuselt sich zu einem Grinsen, als er nach vorne marschiert und im Cockpit verschwindet. Aus meinem Blickwinkel sehe ich, wie er sich bückt, um dem Piloten zu helfen, aber ich verschwende keine weitere Sekunde.

Der Narr hat vergessen, mich mit den anderen Frauen an die Kette zu legen. Ein süffisantes, zufriedenes Lächeln breitet sich auf meinen Lippen aus. Langsam erhebe ich mich auf die Füße, schaue in die Richtung, aus der wir gekommen sind, die Haupttür steht immer noch offen.

Ich blicke hinüber zu den anderen Frauen, deren Hände an einer gemeinsamen Kette gefesselt sind. Ich werde sie niemals befreien können, ohne vorher gefangen zu werden.

"Geh", flüstert die schlanke Rothaarige neben mir, ihre Augen huschen zur Tür und wieder zu mir.

Ein Alarm schrillt in meinem Kopf, dass meine Chance zu entkommen immer kleiner wird, je länger ich warte.

Mein Atem stockt, und ich flüstere stumm "Tut mir leid." Ich wirble herum, die Hände immer noch auf den Rücken gefesselt, und laufe so leise wie möglich zum Ausgang. Ein Schauer läuft mir über den Rücken bei dem Gedanken, dass man mich erwischen könnte.

Ich schaue noch einmal hinter mich und stelle fest, dass Mad immer noch nicht zurückgekommen ist. Draußen ist der Truck, der uns hergefahren hat, verschwunden. Ich springe auf den kiesigen Boden, meine Knie zittern, aber ich schaffe es, nicht umzufallen, obwohl meine Handgelenke gefesselt sind. Juhu für mich. Dann flitze ich hinter dem Flugzeug die Landebahn hinunter. *Schnell und leise.* Ich traue mich nicht, anzuhalten, und hoffe, dass der Pilot mich nicht sieht.

Mit gefesselten Händen zu rennen, ist schwieriger als erwartet, meine Schultern schwingen wild hin und her.

Um mich herum stehen die Kiefern hoch und dicht, die einzigen Zeugen der Richtung, die ich einschlage. Mein Puls pocht in den Ohren. Ein kurzer Blick nach hinten, und ich bin weit genug vom Flugzeug entfernt, um jetzt in den dichten Wald zu schlüpfen und aus dem Blickfeld zu verschwinden.

Ich weiß nicht, wie lange ich gelaufen bin, aber ich bleibe nicht stehen. Der Hügel, den ich erklimme, lässt meine Oberschenkel brennen. Ich ignoriere den Schmerz und laufe weiter.

Es war mein Fehler, mich überhaupt in die Nähe eines Wolfsrudels zu begeben. Ich habe auf meinen Reisen genug Weibchen getroffen, die mir geholfen und mir gesagt haben, von wem ich mich fernhalten sollte.

Die Ash-Wölfe stehen in Rumänien ganz oben auf dieser Liste. Ihr Alpha, Dušan, ist ein kontrollierender Wandler, der über das größte Rudel in den umliegenden Ländern herrscht, und er hat diese Position nicht ohne Grund erlangt. Er nimmt sich, was er will, ohne Gnade.

Andere kleinere Rudel existieren hier und da in Transsilvanien, zusammen mit abtrünnigen Wölfen. Die meisten kleinen Städte, die es einst in den Bergen gab, wurden von den Untoten überrannt. Es gibt nur noch wenige sichere Zonen für freie Frauen.

Ich wuchs mit der Angst vor diesen Wäldern aus

Zähnen und Klauen auf. Außer, dass es jetzt mein Zuhause ist. Die Schattenmonster lassen mich aus einem Grund in Ruhe, den ich nicht verstehe, und ich akzeptiere das Schicksal des Universums. Jetzt muss ich mich nur noch um die Wölfe herumbewegen, die dieses Land ebenfalls ihr Zuhause nennen.

Auf dem Kamm des Hügels halte ich inne, um Atem zu holen und über das Meer von Kiefern zu blicken, das sich vor meinen Augen erstreckt. Am Horizont steigt ein kleines Flugzeug auf. Mad und Caspian bringen die Frauen in ihre neue Heimat, aus der Freiheit gestohlen. Ich fühle mich schuldig, dass ich nicht mehr für sie tun konnte. Aber als ich sie wegfliegen sehe, weiß ich, dass ich die richtige Entscheidung traf. Ich traf die einzig mögliche Entscheidung.

 *D*ušan

*"N*un, es sind nur acht auf dem Transport angekommen", sagt Ander Cain durch das Comm, Wut verengt seine Augen. Seine goldenen Iriden glitzern auf dem Bildschirm vor Frustration.

Ich brodele, aber ich zeige es dem X-Clan-Alpha des Andorra-Sektors nicht. Wir sind Geschäftspartner, und ich habe verdammt lange gebraucht, um diese Beziehung aufzubauen, um sein Vertrauen zu gewinnen. Bis ich der Sache auf den Grund gegangen bin, lasse ich mir nicht in die Karten schauen. Ich bin der Alpha des Shadowlands-Sektors und ich mache keinen Rückzieher, aber ich werde mich auch nicht unvorbereitet in einen Kampf stürzen.

"Dein Zweiter ist hier, um es zu bestätigen", fährt Ander fort, bevor er den Bildschirm an seinem Ende zu Mad dreht.

Mein Zweiter starrt mich mit einem stoischen Gesichtsausdruck an und rattert seine Erklärung herunter. "Meira war nicht Teil des Transports."

Wut lodert in meiner Brust auf, und ich balle die Fäuste an meiner Seite. Er hatte mir eine Liste mit allen weiblichen Wölfen gegeben, die wir letzte Woche gefangen haben, alle neun waren für die X-Clan-Wölfe bestimmt.

"Wie ist das möglich?", brülle ich, dann reiße ich mich wieder zusammen, um meine Reaktion vor Ander zu verbergen.

"Das müsst ihr mit Mihai klären. Er wurde als Letzter mit der Ladung gesehen, bevor wir losgefahren sind", erwidert er und es macht mich wütend, wie er die Schuld auf jemand anderen schiebt. Mein

Puls rast durch meine Adern, um ihn an seinen Platz zu erinnern.

"Ich dachte, ich hätte *dich* mit dieser Aufgabe betraut, Stefan?" Ich benutze selten seinen Vornamen, aber er stellt meine Geduld auf die Probe. Als meinem Zweiten muss ich ihm vertrauen, und er muss verdammt noch mal bei allem, was wir tun, die Kontrolle behalten.

Mad erklärt, er sei mit Caspian im Cockpit beschäftigt gewesen, was mich nur mit den Zähnen knirschen lässt. Ich kann fast sehen, wie sich die Rädchen drehen, was mir sagt, dass er etwas verheimlicht. Er spricht mit Selbstvertrauen, geschmeidig und glaubwürdig. Aber heute stimmt etwas nicht.

"Ich habe erwartet, dass du die Lieferung organisierst", zische ich. "Was eindeutig nicht geschehen ist. Gib mir Cain wieder an den Apperat", schnauze ich, weil ich sein Gesicht nicht mehr sehen will.

Ander taucht wieder auf dem Bildschirm auf. Ich fahre mir mit der Hand durch mein kurzes, dunkles Haar und habe keine andere Wahl, als die Ladung zurückzugeben, die er mir als Bezahlung für die Mädchen geschickt hat. Das X-Clan-Rudel hat zwar Macht, Technologie und fortschrittliche Medizin zum Tauschen, aber was ihnen fehlt, sind Omegas. Ihre Alphas können sich nur mit Omegas paaren und sie schwängern. Und das ist eine Sache, die ich in meinem Territorium habe. Weibliche Wölfe, von denen eine gute Anzahl Omegas sind. Ihr Geruch verrät sie. Unser Handel ist profitabel für beide Rudel.

Sowohl der X-Clan als auch die Ash-Wölfe sind Wandler, aber genetisch sind wir verschieden. Der X-Clan ist immun gegen die Untoten.

Die Ash-Wölfe sind nicht immun und wir müssen unseren Schicksalsgenossen finden, damit sich unsere Wölfe durch Markierung und Sex verbinden. Aber mit dem ganzen Scheiß, der los ist, und einem wachsenden Rudel, das wir vor den Zombies beschützen müssen, die versuchen, in unser Zuhause einzudringen, habe ich keine Zeit für diese Art von Engagement.

Um unsere Beziehung zu Ander aufrechtzuerhalten, sage ich widerwillig: "Du kannst eine meiner Ladungen zurückhalten, während ich unsere vermissten Omega suche." Das ist nicht das, was ich will.

Ander mustert mich vorsichtig. Sein dichtes, schwarzes Haar sitzt kurz geschnitten bis zu den Ohren, ohne dass eine Strähne fehl am Platz ist. Ich habe sein Gelände für Verhandlungen besucht. Sie leben immer noch in Penthäusern in Hochsicherheitsgebäuden, während wir uns inmitten alter Ruinen und der Wildnis niedergelassen haben.

Wir sind Wölfe, eins mit der Natur, und die

Wildnis ist, wo wir hingehören. Das würde ich gegen nichts eintauschen wollen.

Nach weiterem Hin und Her mit Ander, wie wir das machen sollen, wenn man bedenkt, dass er die Ladung bereits abgeschickt hat - was die Situation noch komplizierter macht - unterbricht mich Mad, der auf dem Kommunikationsbildschirm erscheint. "Ich habe einen Vorschlag."

"Und dieser Vorschlag lautet?"

"Caspian und ich bleiben als Sicherheit hier, während ihr das Mädchen findet. Sobald sie gefunden ist, kann Cain seinen eigenen Piloten schicken, um sie zu holen, und wir machen uns danach auf den Weg zurück zu euch."

Mir entgeht nicht, wie Ander bei Mads Angebot die Augen zusammenkneift. Ein solcher Vorschlag wäre mir auch unangenehm, wenn man bedenkt, dass Mad sich gerade selbst eingeladen hat, im Andorra-Sektor zu bleiben. Was mir nicht passt, ist, dass Mad sich nicht vorher mit mir beraten hat. Ich werde das nicht vergessen, wenn er nach Hause zurückkehrt, zusammen mit dem Chaos, das er gerade mit dem vermissten Mädchen verursacht hat.

Ander fährt sich mit dem Daumen über die Unterlippe, die Entscheidung lastet schwer auf ihm.

Da ich keine andere Wahl habe, hebe ich mein Kinn und antworte: "Ich akzeptiere diese Bedingungen, wenn du einverstanden bist."

"Du hast eine Woche Zeit", antwortet Ander. "Wir werden dann neu verhandeln, sollte das Mädchen bis dahin nicht in deiner Obhut sein."

Ich straffe die Schultern und grinse, weil ich nicht vorhabe, das Ganze noch länger hinauszuzögern als es ohnehin schon. "Oh, ich werde sie bis dahin erwischen. Ich melde mich bald wieder."

Ich beende die Kommunikation mit einem Klick auf dem kleinen Bildschirm auf meinem Bürotisch.

"Scheiße! Ich werde Stefan umbringen."

Mein Dritter, Lucien, ebenfalls ein Alpha, steht wie ein Wächter in der Tür. Die Beine gespreizt, die Arme über seiner breiten Brust verschränkt. Sein kürzlich geschnittenes Haar lenkt die Aufmerksamkeit auf die Narbe quer über seinem Schlüsselbein, die entstand, als wir vor ein paar Jahren ein angreifendes Rudel in unserem Territorium bekämpften. Ich übertrug ihm die Verantwortung für meine Krieger, um meine Kämpfe zu führen. Er hat mir seine Loyalität geschworen, nachdem ich ihn vor einer Horde Untoter gerettet hatte, als er zehn war, und seitdem ist er an meiner Seite. Ich vertraue ihm.

"Glaubst du, Mihai hat ein Mädchen verloren?", fragt Lucien.

"Ich bezweifle es. Er hat Dutzende von Frachtlieferungen durchgeführt. Was war also das

Besondere an dieser?" Ich möchte glauben, dass er keine Hintergedanken hatte.

"Was ist mit Mad?"

Ich atme schwer aus. "Irgendetwas stimmt nicht mit dieser Lieferung. Ich kann es fühlen." Mad überschreitet immer die Grenzen. Da er mein Stiefbruder ist, denkt er, dass er es kann, außer dass das Spiel, das er spielt, in dem Moment endet, in dem er nach Hause kommt.

Ich stehe auf und stelle mich an mein Fenster, von dem aus ich das Gelände unter mir überblicke.

Wir leben in einer mittelalterlichen Festung, das Land ist mit hohen Steinmauern verbarrikadiert, um die Zombies fernzuhalten und mein Rudel zu schützen. Ich werfe einen Blick auf die Holzhütten, die auf dem Gelände innerhalb der Burgmauern stehen. Ich heiße jeden Wolfswandler, der sich in Gefahr befindet, unter einer Bedingung in meinem Schutz willkommen: Sie unterwerfen sich mir als ihrem Alpha. Im Gegenzug erhalten sie Nahrung und Unterkunft.

Damit einher geht der Bedarf an Ressourcen. Und genau deshalb ist meine Partnerschaft mit Ander entscheidend. Er liefert Technologie, Fahrzeuge, Waffen und dringend benötigte Medizin, die wir sonst nicht bekommen könnten. Es ist dieser Handel, der mir die Möglichkeit gibt, die Mitglieder meines Rudels zu beschützen und mir einen Vorteil gegenüber anderen kriegerischen Rudeln zu verschaffen, die mein Territorium beanspruchen wollen.

Mein Stiefvater war ein Alpha, und er regierte mit eiserner Faust. Er gewann Gefolgsleute durch Angst. Aber am Ende verrieten ihn diese Männer.

Instinktiv hebe ich meine Hand zum Hals und fahre mit den Fingern über die Narbe, die an meinem Schlüsselbein beginnt und bis hinter mein Ohr reicht. Ein kleines Andenken von meinem Stiefvater, als ich acht war, weil ich seinen Befehl missachtet hatte. Er schlitzte mich zur Strafe mit einer gezackten Klinge auf.

"Das ist der Grund, warum du es nie zum Alpha schaffen wirst. Du hattest die Chance, mich zu töten, und hast sie nicht genutzt."

Ich balle meine Hände zu Fäusten, dann wende ich mich an meinen Dritten.

"Ruf eine Gruppe von Alphas zusammen, um diese Omega zu jagen und dieses verdammte Chaos zu beseitigen."

2

Meira

Drei Tage später

Mein Puls rast. Irgendetwas verfolgt mich.

Ich drehe mich um, als ein Fleck mitten im dichten Wald auf mich zurast. Zwei Beine, also definitiv kein Tier. Ein Schattenmonster? Gott, bitte lass nicht zu, dass heute der Tag ist, an dem mich mein Glück verlässt.

Ich drehe mich um und renne. Der späte Tageshimmel hüllt den Wald in ein unheilvolles Zwielicht. Ich hätte schon längst ein Versteck finden müssen. Bleib niemals nachts draußen. Alle möglichen Kreaturen schleichen mit der Dunkelheit hinaus.

Meine Atemzüge sind rau und zackig.

Ein kurzer Blick über die Schulter zeigt mir, dass ein Mann wie eine Bestie auf mich zudonnert. Seine Nasenlöcher blähen sich, sein Mund klafft auf und diese riesigen Augen sind auf mich gerichtet. In seinem Blick funkelt ein Wolfssschimmer.

Mir dreht sich der Magen um.

Scheiße, nicht schon wieder. Bitte nicht schon wieder. Ich habe mich von den Rudeln ferngehalten und seit meiner Flucht aus dem Flugzeug habe ich tagelang keine Wandler mehr gesehen. Wo zum Teufel kommt der her?

Er stürzt sich auf mich, knallt in mich hinein. Ich stürze mit einem Grunzen zu Boden, während ich vor Schreck zusammenzucke.

Starke Hände packen einen meiner Knöchel und ziehen mich nach hinten. Ich zucke herum und trete ihm ins Gesicht. Dann klettere ich unter ihm weg und stürme los, meine Füße stampfen auf den Boden. Panik macht sich in meinem Bauch breit. Sex ist alles, was er von mir will, und ich erschaudere unkontrolliert bei dem Gedanken.

Er wirft sich auf mich und schubst mich zu Boden. Mit einem Knurren rollt er mich auf den Rücken. Der Scheißkerl packt mich an der Kehle und drückt fest zu. Heißer, widerlicher Atem strömt aus seinem klaffenden Mund.

Ich schlage auf seinen Kopf, immer und immer wieder.

Seine Lippen kräuseln sich nach oben, zeigen rasiermesserscharfe Eckzähne, und er greift an. Die Zähne kratzen und graben sich in die Kurve zwischen meinem Hals und meiner Schulter. Mein Fleisch reißt, der Schmerz ist unerträglich.

Ich schreie und stemme mich gegen ihn. Er ist so schwer und unbeweglich. Panik lähmt meine Gedanken.

Plötzlich wird er von mir fortgerissen. Ich rapple mich auf und greife nach der Bissstelle. Es brennt fürchterlich, und ich drücke auf die Wunde, um die Blutung zu stoppen, die durch meine Finger rinnt.

Eine Kakophonie aus Knurren und Knurren explodiert vor mir. Ich weiche zurück, bis ich gegen einen Baum stoße. Angst lähmt mich, während ich mir die Wunde zuhalte.

Mitternachtsschwarzes Fell ist alles, was ich von dem Wolf sehe, der sich auf den anderen Wandler stürzt. Er ist riesig, doppelt so groß wie ein normaler Wolf, und hat diesen Kampf völlig unter Kontrolle. Er springt auf den Mann zu, stürzt sich auf ihn und beißt ihm in den Hals. Das Knirschen der Knochen hallt wider, und ich erschaudere.

Angewidert springe ich auf und stürme hinaus, damit der Angreifer bekommt, was er verdient.

Ein leises Grollen ertönt hinter mir, und ich drehe mich um, um den schwarzen Wolf zu sehen, der mir praktisch direkt auf den Fersen ist. Die Bäume drängen sich um mich herum, und ich kann nicht atmen. Ich ersticke vor Angst.

Er knurrt mich an, die Lefzen hochgezogen, die Reißzähne gefletscht. Sein Fell sträubt sich.

Ich erschaudere und sterbe innerlich fast. Ich werfe meine Hände vor mir aus. "Bitte. Ich verlasse deinen Wald. Tu mir nichts."

Meine Ferse verfängt sich an einer Baumwurzel, und ich falle. Ich schreie, das Herz schlägt mir bis zum Hals.

Ich schlage hart auf dem Boden auf, und meine Hand ergreift instinktiv einen dicken Ast neben mir. Das ist nicht die Art, wie ich sterben will. Ich schleudere den Stock auf den Wolf, der zu flimmern scheint. Sein Körper zuckt, das Fell schrumpft, die lange Nase zieht sich in den Körper. Knochen knacken, das reißende Geräusch von sich spaltender und zusammenziehender Haut. Ich habe anderen bei der Verwandlung zugesehen, aber ich habe es nie selbst erlebt, um zu wissen, ob es sich so schmerzhaft anfühlt, wie es aussieht.

Energie läuft über meine Arme. Die Härchen in meinem Nacken stellen sich auf.

Es passiert alles innerhalb eines Herzschlags. Der Wolf ist verschwunden und an seiner Stelle ragt ein Mann über mir auf, völlig nackt. Seine eisblauen Augen brennen mit der Intensität eines wütenden Sturms in mich hinein.

Mein Verstand friert ein. In den letzten Tagen habe ich es vermieden, von Wölfen gefangen genommen zu werden, indem ich in den Wald zurückgekehrt bin, in dem ich jahrelang gelebt habe. Also ist es nur mein Glück, dass ich heute zwei Wölfen begegnet bin. Die Angst verdreht mein Inneres, denn ich bin den anderen nur knapp entkommen.

Zottelige, dunkle Haare fallen um sein gemeißeltes Gesicht und über die Schultern. Er ist riesig, groß und breit. Nicht, dass ich etwas anderes von einem Alpha erwartet hätte. Sein Duft vernebelt meine Sinne, und meine Wölfin drückt und stößt gegen mein Inneres, um näher heranzukommen.

Er studiert mich, seine Aufmerksamkeit fällt auf meinen Mund, dann tiefer. Ein Schauer durchzuckt meine Haut und meine Brustwarzen kribbeln.

Seine Brust ist muskulös. Ein leichter Haarwuchs bedeckt seine Brustmuskeln und zieht sich in einem engen V den Bauch entlang bis nach unten. Er zeigt alles offen und selbstbewusst. Ein schwarzes Haarbüschel, ein schlaffer Schwanz. Selbst im weichen Zustand ist er riesig. Hitze pulsiert durch mich und mein Inneres krampft sich zusammen.

Ich richte mich auf, weil ich die Leistengegend dieses Wolfes nicht direkt vor meinem Gesicht haben will. Egal, wie sehr sich mein Körper bei seinem Anblick erwärmt. Egal, wie sehr ich das Pochen der Erregung zwischen meinen Schenkeln spüre. Ich muss hier raus, denn die Art, wie er mich anstarrt, sagt mir, dass er mich berühren, mich schwängern will.

"Sieh mich an", fordert er mit tiefer, sanfter Stimme, während er seine Hand nach mir ausstreckt und mit den Fingern sanft über meine Schulter in der Nähe der Wunde streicht.

Ich zucke zurück und schreie vor Schmerz auf, auch wenn eine Gänsehaut über meinen Arm wandert, wo er mich gerade berührt hat. Ich bin mein ganzes Leben lang um mein Überleben gerannt. Aufmerksamkeit von einem Alpha ist nicht das, was ich will. Energie geht in Wellen von ihm aus. Sie kribbelt über meine Haut und lässt meine Knie weich werden, als ob meine Wölfin seine Autorität spürt. Sie wimmert in mir vor Verzweiflung, ihm zu gehorchen.

Totaler Verrat. Meine eigene Wölfin ... Sie verweilt in mir, reagiert auf diesen Alpha, zeigt aber immer noch nicht ihre Reißzähne oder ihr Fell, als ich sie nach vorne rufe.

Er schnuppert die Luft, seine Stirn zieht sich zusammen, bevor er zu dem Wolf hinüberschaut, den er angegriffen hat, um mich zu retten. Nur dass Wölfe niemandem helfen, ohne eine Gegenleistung zu wollen.

"Er hat dich gebissen, um dich zu einer Zwangspaarung zu bewegen", sagt er, als wäre es nicht offensichtlich.

"Was du nicht sagst! Es hat offensichtlich nicht funktioniert", antworte ich, immer noch meine blutende Verletzung umklammernd. "Ich brauche deine Hilfe nicht."

"Wie ist dein Name, Mädchen?" Er tritt näher, und meine Augen wissen nicht, wohin sie schauen sollen. Sie bewegen sich wie von selbst an seinem Körper auf und ab.

Mein Verstand taumelt und versucht, sich eine Ausrede einfallen zu lassen. Irgendetwas, um mich aus diesem Wirrwarr herauszuholen. Aber mein Herz klopft zu heftig, und ich zwinge den nächsten Atemzug bis in meine Lungen.

"Du bist Meira, richtig?" Er grinst und bemerkt meine Unfähigkeit, meinen eigenen Körper zu kontrollieren.

"Ich habe keinen Namen", sage ich und erschaudere innerlich. *Oh, Scheiße, Scheiße, Scheiße.* Er ist mit Mad und Mihai verwandt. Die Wölfe, die mich gekidnappt und ins Flugzeug gestoßen haben.

Sein Lachen irritiert mich. Was mich noch mehr irritiert, ist, dass ich die Art mag, wie er klingt, wie er seinen Kopf nach oben neigt, um mich auszulachen. Ich wünschte, er würde sich etwas anziehen, damit ich wieder die Kontrolle über meinen Blick gewinne.

"Nun, du hast mich gerettet und ich bin dir dankbar dafür. Ich wünsche dir einen schönen Tag." Ich drehe mich um und sprinte los. Jeder männliche Wolf sehnt sich nach der gleichen Sache. Ein Weibchen, um sich zu paaren, um es gefangen zu halten, um es zu schwängern. Allein der Gedanke macht mich wütend und ich bewege meine Beine schneller.

Seine Hand ergreift meine und er reißt mich herum. Meine Füße stolpern, ich drehe mich ruckartig zu ihm um und stoße direkt gegen seine nackte Brust. So viel Fleisch überall. Er glüht und fühlt sich so heiß an.

Ich stoße meine Hände gegen ihn und taumle zurück, dann schwinge ich eine Faust nach ihm.

Er bewegt sich unvorstellbar schnell und fängt meine geballte Hand in seiner auf, so dass sie sein Gesicht nicht mehr berühren kann.

Er packt mich am Genick und zieht mich näher an sich heran. "Du hast es nicht mit einem Beta zu tun. Merk dir das, denn das nächste Mal werde ich es nicht gut verkraften, fast ins Gesicht geschlagen zu werden."

Nur ein Alpha würde so arrogant sein. "Lass mich los!" Ich schreie ihn an. Ich habe den Eindruck, dass er mich leicht aufheben und über seine Schulter werfen könnte. Mir entgeht nicht, wie er mich studiert und seinen Blick an meinem Körper auf und ab wandern lässt.

Ich balle meine Fäuste, spucke ihn an und schaffe es, ihn direkt auf die Brust zu treffen. Er starrt mich an, packt mich am Arm und zieht mich mit sich, während er mich zum Marschieren zwingt. "Du wirst dir noch eine Menge Ärger einhandeln."

Ich wehre mich gegen ihn, während ich hinter ihm her stolpere. "Ich gehöre dir nicht. Du kannst mich nicht entführen und behalten."

"Wer hat etwas davon gesagt, dass ich dich behalten will? Ich habe einen Alpha, der sehr an dir interessiert sein könnte."

Scharfe Wut durchströmt mich. Er will mich wieder zu Gott-weiß-welchen-Monstern in ein anderes Land schicken. Ich stemme mich gegen seinen eisernen Griff, und obwohl ich weiß, dass es aussichtslos ist, höre ich nicht auf zu kämpfen.

"Das würde viel einfacher gehen, wenn du Gehorsam lernen würdest. Es kann sehr lohnend sein." Er hebt amüsiert eine dicke Augenbraue.

Diesmal bin ich es, die in Gelächter ausbricht, ganz unecht und zur Show. "Funktioniert das eigentlich bei jemandem?"

Er hält inne, packt hart eine Seite meines Gesichts und hält mich fest.

Er schnüffelt an mir, atmet meinen Geruch ein. Alle Wölfe haben einen unverwechselbaren Geruch, der sie leicht identifiziert, aber auch ihren Status verrät.

"Du riechst nach Omega", erklärt er anklagend und rümpft die Nase, als ob ich seine Zeit nicht wert wäre.

Ich zucke zusammen und beiße mir auf die Wange, um nicht herauszuplatzen, dass ich nicht zu seiner Hierarchie gehöre. Dass ich nicht der niedrigste Rang im Rudel bin, wo jeder das Gefühl hat, mich ausnutzen zu können.

Alphas herrschen, einer übernimmt die Führung und kontrolliert ein Rudel von anderen Alphas, Betas und Omegas. Die Handvoll Alphas in einem Rudel weichen normalerweise nicht von der Spitze ab und sind in der Reihenfolge der Zweite, Dritte und so weiter. Betas sind die Kämpfer, sowohl männlich als auch weiblich, die Arbeitshunde der Rudel. Die Omegas hingegen sind diejenigen, die keine Macht haben und ihr ganzes Leben lang tun, was man ihnen sagt. Die Mehrheit der Weibchen sind Omegas oder Betas. Deshalb haben Mama und ich immer Siedlungen ohne Männer gefunden. Sie hat mir beigebracht, unabhängig zu bleiben, mein Leben selbst in die Hand zu nehmen.

"Du wirst lernen, wo dein Platz ist. Oder ich kann ihn dir persönlich zeigen."

"Du bist ein Ash-Wolf, nicht wahr? Natürlich bist du das." Meine Stimme ist zittrig, und ich hasse es, dass meine Reaktion so offensichtlich ist.

Er wirft mir einen gefährlichen Blick zu, und alles, was ich tun kann, ist, in diese blassblauen Augen zu starren, in die Dunkelheit seiner langen Wimpern, darauf, wie perfekt dieser schöne Mann aussieht. Er hat einen kräftigen Kiefer, eine perfekte Nase und volle Lippen. Die Gefühle, die er in mir hervorruft, erschrecken mich. Ich hasse es, dass ich ihn für etwas anderes als einen brutalen Barbaren halte.

"Und wenn ich es bin?", fragt er beiläufig.

"Ich habe Dinge über deinen Alpha gehört, und ich möchte nicht in der Nähe dieses Idioten sein." Mein Temperament flammt bei dem Gedanken auf, dass ein Alpha wie Dušan denkt, er hätte das Recht, über das Leben aller zu bestimmen.

Der Blick des Mannes bohrt sich in mich hinein, und ich fühle mich bei seiner Musterung verletzlich. "Wirklich? Was für Dinge?", bohrt er nach, als hätte er die Geschichten noch nie gehört.

Also tue ich ihm den Gefallen.

"Dass er schlimmer ist als die Schattenmonster. Dass er alle Weibchen tötet, nachdem er sich mit ihnen gepaart hat, weil er Angst hat, dass sein Kind ihn irgendwann tötet, um die Position des Alphas zu beanspruchen. Dass er rücksichtslos ist."

"Das sind schlimme Gerüchte", murmelt er.

"Wer sagt, dass es Gerüchte sind?", schnauze ich ihn an.

Seine Hand schlingt sich um mein Handgelenk und ich erschrecke.

"Du hast also den Alpha der Ash-Wölfe aus erster Hand kennengelernt?", fragt er.

"Nun, nein. Sonst wäre ich ja tot. Aber ich habe mit genug Leuten gesprochen, die alle eine ähnliche Geschichte erzählen. Kennst du nicht das Sprichwort: Wo Rauch ist, ist auch Feuer?"

Da fängt er wieder an zu lachen, und ich kneife die Augen zusammen.

Ich straffe meine Schultern und versuche eine andere Taktik, da Fäuste und Schreien nicht funktionieren. "*Bitte.* Kannst du mich nicht einfach freizulassen?"

"Ich schlage vor, du kommst mit und findest die Wahrheit selbst heraus."

Mein Herz sinkt, und die Tatsache, dass er mich zu Dušan, dem Alpha der Ash-Wölfe, bringt, lässt mein Inneres gefrieren. Die Gefahr ist real, mein Schicksal besiegelt.

Mit langen Schritten zerrt er mich tiefer in den Wald. Meine Knie zittern, während ich mir den Kopf zerbreche, um einen Ausweg zu finden.

"Du bist ein Monster", knurre ich und grabe meine Fersen in den Dreck, während er mich zerrt. "Und wenn dein Alpha mich tötet und ich sechs Fuß unter der Erde liege, hoffe ich, dass die Schuld dich bis in alle Ewigkeit auffrisst."

"Das ist eine lange Zeit, um Gewissensbisse zu haben. Ich bin sicher, ich werde schnell darüber hinwegkommen." Er grinst in meine Richtung, als ob mein Überleben ein Witz wäre.

Ich sehe ihn mit einer schmerzhaften Wut an, die er nicht zu bemerken scheint. Er schleift mich einfach durch den Wald. Ich, das Opfer. Und er, der Krieger, der mich in den Tod zerrt.

Alpha

Fuck!

Sie ist nicht das, was ich erwartet habe. Wunderschön. Temperamentvoll. Verlockend.

Ihr Duft ist wie Ambrosia und er macht etwas mit mir. Jeder Zentimeter von ihr ruft nach meinem Wolf, wie es noch nie jemand zuvor getan hat. Mein Herz rast.

Sie ist ein Wolf, und doch haftet ihr der Geruch von Menschlichkeit an, zusammen mit etwas anderem. Unter ihrem Geruch ist etwas fast krankhaft Süßes, das in meiner Nase sticht. Jeder Wolf trägt einen bestimmten Geruch in sich, an dem man leicht seine Macht, seinen Status erkennen kann. Wir werden so geboren, die Natur diktiert unsere Zukunft, bevor wir den ersten Atemzug in dieser Welt tun. Aber dieses Mädchen ... Sie trägt nicht die wogende Macht eines Alphas oder Betas in sich. Omega? Ja, aber sie riecht anders.

Sie hat auch keine Ahnung, was sie ist. Ich kann es in ihrem verlorenen, wilden Blick sehen. Ich fühle es in ihrer Gegenwart. Sie lebt Tag für Tag draußen im Wald. Wie die meisten weiblichen Wölfe, die wir aufgreifen, versucht sie nur, zu überleben. Aber ganz alleine wird sie es nicht schaffen. Wenn die Untoten sie nicht kriegen, werden die abtrünnigen Wölfe sie aufspüren, die es auf Weibchen abgesehen haben.

Ich tue ihr einen Gefallen, wenn ich sie mitnehme. Auch wenn sie das nicht glaubt, wenn man bedenkt, wie sie mit mir kämpft und ihre Fersen in den Boden gräbt, um uns zu verlangsamen. Ich bin kurz davor, sie mir über die Schulter zu werfen und ihr den strammen Hintern zu versohlen, bis sie sich fügt.

Die Omegas, die wir fangen, werden in der Gegenwart eines Alphas fast sofort gehorsam, ihre Wölfe übernehmen die Kontrolle über sie.

Aber nicht diese Höllenkatze. Ein Knurren grollt in meiner Brust, und ich balle meine Fäuste.

Irgendetwas an diesem Mädchen ist ganz anders, und ich habe vor, herauszufinden, was.

Ihr eigensinniges Verhalten bestätigt, dass sie als Wildling in den Wäldern aufgewachsen ist und höchstwahrscheinlich nicht allzu viele Männchen um sich hatte. Ich habe in den letzten Tagen die umliegenden Wälder abgesucht und keine Weibchen gefunden. Ich habe sie erst gefunden, als ich den Radius meiner Suche erweitert habe. Sie muss Meira sein. Sie passt perfekt auf die Beschreibung, bis hin zu dem Schönheitsfleck im linken Augenwinkel.

"Wie weit ist es bis zu deinem Versteck?", fragt sie scharf, während sie auf den Wald blickt, der sich im Wind wiegt und die Schatten zwischen den Stämmen tanzen lässt.

Wonach sucht sie? Die Untoten? Diese Bastarde kommen aus dem Nirgendwo. Wo einer ist, da sind viele. Sie bewegen sich wie ein Schwarm, so dass die zahlreichen Füße, die den Boden zertrampeln, sie leicht hören lassen, wenn sie sich nähern. Meine Ohren lauschen nach Geräusche in der Ferne ... Noch nichts. Diejenigen, die die Seuche überleben, lernen, sich anzupassen und schnell auf den Beinen zu sein.

Wird man gebissen, ist man innerhalb weniger Stunden infiziert. Aus diesem Grund müssen wir uns beeilen. Wir müssen vor Sonnenuntergang zu meinem Auto unten am Fuß des Hügels kommen. Andernfalls werden die anderen Kreaturen, die die Schatten zu

ihrem Zuhause machen, auftauchen. Sie geben keine
Geräusche von sich; sie greifen unbemerkt an. Bestien,
die nur nachts nach frischem Fleisch jagen.

"Wenn du aufhören würdest, gegen mich zu
kämpfen", sage ich, "würden wir früher ankommen."

Sie beobachtet meinen Mund, während ich
spreche, reißt dann aber wütend ihren Blick weg. Sie
umklammert ihren Hals, Blut rinnt durch ihre
Finger, aber das hindert sie nicht daran, mich
wütend anzustarren.

"Ich habe keine Angst, im Wald zu bleiben", sagt
sie mit Gift in der Stimme. "Vielleicht sollten wir die
Nacht im Wald verbringen?"

Ich schüttele den Kopf. "Niemand will nachts im
Wald bleiben. Ich kaufe dir das Spiel nicht ab, das du
hier spielst."

Ich habe sie gerade erst kennengelernt und
schon macht sie mich wütend. Sie ist ein winziges
Ding, vielleicht ein Meter sechzig oder so, im
Vergleich zu mir mit ein Meter siebzig. Ein kurvenreicher Körper, ihre Brüste straff und rund. Rücken-
langes Haar in einem Braunton, der an Holz
erinnert. Kürzere Strähnen hängen lose um ihr
schönes Gesicht. Meine Finger kribbeln, als ich mir
vorstelle, wie ich ihre Locken um meine Hand wickle
und sie festhalte, während ich sie von hinten ficke.

Fuck! Ich brauche diese Gedanken nicht in

meinem Kopf, nicht, solange ich nackt bin. Und mit einem steinharten Ständer herumzulaufen, ist verdammt unangenehm.

"Ich dachte, du magst Spiele", stichelt sie gegen mich. "Das ist es doch, was ihr Alphas macht, oder? Weibchen jagen, um sie zu eurem Besitz zu machen?" Sie durchbohrt mich mit den schönsten blassbronzenen Augen. Ich habe diese Augenfarbe noch nie gesehen, aber sie ist so viel mehr als nur ein Farbton. Sie sind so geformt, dass sie permanent traurig aussehen, als hätte sie in ihrem Leben schon zu viel Kummer erlebt. Wenn sie mich nicht anknurrt, sieht sie fast so aus, als würde sie anfangen zu weinen. Makellose Haut mit ein paar Sommersprossen auf der Nase. Mein Blick fällt auf die rosigen vollen Lippen. Wer ist dieses Mädchen?

Das von ihrem Hals tropfende Blut erregt meine Aufmerksamkeit, die Rinnsale laufen ihre Schulter hinunter und in den Stoff ihres T-Shirts. Wie lange wird es dauern, bis sie mit ihrem Geruch die Untoten zu uns lockt?

Ich halte inne und mich zu ihr um. Sie zuckt vor mir zurück, eindeutig verängstigt. Ich muss zugeben, dass mich ihre Reaktion sowohl erregt als auch verärgert. Ich bin in dieser Hinsicht ein verkorkster Bastard.

"Was machst du da?" Sie sieht mich mit zusammengekniffenen Augen an, als sei sie unsicher, ob sie mir vertrauen soll oder nicht.

Sie trägt einen blauen Rock, der ihr bis zu den Knien fällt, der Stoff ist vom Kampf zerrissen, und ein schwarzes T-Shirt, das ihr zwei Nummern zu klein ist und am Bauch einen Streifen cremeweißer Haut zeigt.

Wie ihre Kleidung sind auch ihre Turnschuhe mit Schlamm bedeckt und längst überfällig für eine Wäsche. Ich greife nach unten und fasse an den Saum ihres Rocks, wo ich einen Riss im Stoff entdecke.

"Hey!" Sie greift nach unten, um meine Hände wegzuschieben, aber ich reiße das lange Stück Stoff so schnell aus dem unteren Teil ihres Rocks, dass sie es nicht kommen sieht. Ich stoße ihre Schulter, um sie von mir wegzudrehen, bevor ich den Rest des Stoffes rundherum abreiße. Mit einem letzten Ruck reiße ich den Streifen frei.

Sie stolpert auf die Füße, ihre Augen quellen aus den Höhlen. Das frühere Kleid sitzt jetzt oberhalb der Mitte der Oberschenkel und enthüllt wunderschöne, durchtrainierte Beine.

Sie faucht. "Warum zum Teufel hast du das getan?"

Ich packe sie am Arm und ziehe sie näher heran. "Sei still." Schnell wickle ich den zerrissenen Stoff über die Bisswunde und unter den gegenüberliegenden Arm. Sie wehrt sich gegen mich, aber ich halte sie grob fest. Ich spiele nicht.

Ich muss das schnell erledigen, doch das Bewusstsein, wie nah wir uns sind, kräuselt sich auf meiner Haut. Ihr Duft durchdringt mich und macht es mir fast unmöglich, mich zu konzentrieren. Eine berauschende Mischung von Pheromonen flackert in mir auf, als Reaktion auf sie. Mein Schwanz pocht. Ein Ur-Hunger pulsiert in mir, um dieses Weibchen vor allen anderen Männchen zu schützen, um sie zu beanspruchen. Sie zu nehmen.

Kein Weibchen hat mich jemals zuvor so stark beeinflusst. Ich knirsche mit den Backenzähnen und stoße sie vorwärts, etwas härter, als ich es vorhatte.

"Du hast kein Recht dazu ..."

"Ich habe jedes Recht", knurre ich und drehe mich wieder um, ziehe sie am Arm mit mir. "Wenn es bedeutet, dass es unser Leben rettet und dich davor bewahrt, vor Blutverlust zusammenzubrechen, werde ich tun, was nötig ist." Mein Puls gerät außer Kontrolle, und die Gier, sie zu besitzen, verschlingt mich. Was zum Teufel ist mit mir los?

Ihr Herzschlag beschleunigt sich. Ich spüre es unter meinen Fingern, als ich ihr Handgelenk umklammere, während sie mich anknurrt und dabei perfekt weiße Zähne zeigt. Keine ausgeschlagenen oder abgebrochenen Zähne. Sie wird ein guter Austausch für das andere Rudel sein.

Außer, dass Adrenalin mein Blut durchflutet und mein Wolf bei dem Gedanken nach vorne stürmt und verlangt, dass wir sie einfordern.

Als unsere Blicke aufeinandertreffen, bekomme ich einen flüchtigen Blick auf ihre Verletzlichkeit. Und verdammt, das zieht mich noch mehr an.

Mein Wolf schleicht sich durch mich und besteht darauf, dass sie zu uns gehört und wir sie jetzt markieren müssen. Aber irgendetwas fühlt sich komisch an. Sie fühlt sich anders an. Und ich ziehe keine voreiligen Schlüsse, wenn es darum geht, meine Schicksalsgefährtin so schnell zu finden.

Ich dachte immer, ich würde es wissen, wenn ich meine Gefährtin spüre ... aber dieses Mädchen ist nicht das, was sie zu sein scheint, also wie kann ich meinen Gefühlen vertrauen? Es scheint fast so, als würde sie sich hinter einem unsichtbaren Schleier verstecken.

Wenn wir wieder zu Hause sind, werde ich herausfinden, was los ist.

Ihre Wangen erröten jedes Mal, wenn sie einen Blick in meine Richtung wirft, ihre Augen wandern an meinem Körper hinunter. Ihre Verlegenheit über meine Nacktheit verblasst nicht, und sie schaut immer wieder weg. Ich verstehe ihre Reaktion nicht. Sie ist ein Wolf ... nach der Verwandlung sind wir nackt. Das ist so natürlich wie atmen und doch ist ihr Gesicht rot. Sie hat keine Kontrolle über ihre schweifenden Augen.

Als wir schließlich ein Tal mit einem kleinen Fluss erreichen, halte ich inne und halte sie trotz ihres Murrens mit einem Arm um ihre schmale Taille fest. Keine Anzeichen von abtrünnigen Wölfen oder Untoten in der Nähe. Die Wälder um uns herum sind still. Ich schnuppere an der Luft, um mich zu vergewissern, dass wir allein sind. Mir war gar nicht bewusst, wie weit ich gezogen bin, um diese Höllenkatze zu finden. Eine Gruppe von fünf von uns ging in entgegengesetzte Richtungen in den Wald, um sie aufzuspüren.

"Trink und lass uns deine Wunde waschen. Wir haben einen weiten Weg vor uns."

Ich erwarte, dass sie widerspricht, aber stattdessen hockt sie sich hin, hält ihre Hände unter das klare, fließende Wasser und führt es zum Mund, um zu trinken. Frisches Wasser strömt aus ihren nassen Händen und fällt in großen Tropfen zurück an die Oberfläche des Flusses.

Ich tue dasselbe und fülle meinen Magen.

Sie entwirrt den zerrissenen Stoff, den ich über ihre Wunde gebunden habe, und schiebt sich ihr langes bernsteinfarbenes Haar über die Schulter. Dann schöpft sie mehr Wasser und spritzt es über die Bissstelle. Es fließt über ihre nackte Schulter und sickert in ihr Oberteil. Der Stoff klebt an den perfekten Rundungen ihrer Brüste.

Meine Kehle wird trocken, als ich auf die Wasserperlen starre, die über ihr Schlüsselbein plätschern und unter ihr Oberteil gleiten. Das Verlangen lastet mit dem Gewicht eines Berges auf mir.

Die letzten Streifen des Sonnenlichts glitzern auf ihrem erhobenen Gesicht, und ihre bronzenen Augen scheinen unter dem Flackern zu glühen. Ihr wunderschöner Mund öffnet sich, als sie ausatmet.

Mein Unterleib krampft sich zusammen.

So ein schönes Geschöpf. Wer auch immer sie ist, ich muss sie erobern.

Ich brenne darauf, sie zu berühren und zu schmecken, sie selbst zu markieren. Der Biss, der ihr Fleisch durchbohrt, sprudelt mit frischem Blut. Eine feurige Wildheit durchfährt mich, als ich die Zähne des Wandlers sehe, die ihre perfekte Haut verunstalten. Ich sehne mich danach, sie zu nehmen, mein Gesicht in ihrem Hals zu vergraben und sie zu schmecken. Sie zur Meinen zu machen.

Sie fährt mit den Fingern über die Verletzung und zuckt zusammen.

"Wie lange lebst du schon allein in den Wäldern?", frage ich, um mehr über sie zu erfahren, aber auch, um mich von der Wirkung abzulenken, die sie auf mich hat.

Sie versteift sich und sieht mich nicht an. "Ein paar Jahre."

"Alleine? Ziemlich gut, so lange zu überleben." Ein paar Jahre? Scheiße, das würde jeden verrückt machen.

Sie nickt, während sie den Stoff wieder über ihre Bisswunde wickelt. Ich greife hinüber und helfe ihr, einen Knoten zu machen, damit es an Ort und Stelle bleibt. Als Wolf sollte sie schnell heilen.

"Ich habe so meine Mittel und Wege", sagt sie. Ich sehe den Hunger hinter ihren Augen, die Wölfin in ihr, die eine Verbindung herstellen will. Aber irgendetwas fühlt sich nicht richtig an.

Das Knacken von Zweigen erreicht mich.

Ich erstarre, mein Blick schießt über den schmalen Fluss zu der Stelle, von der das Geräusch kommt. Ein Schatten huscht zwischen den Bäumen umher. Meine Lunge krampft.

Eine Gestalt taumelt vorwärts ... ein Untoter ... Ein schlaksiger Mann, der kein Hemd trägt, seine verwesende Brust ist mit offenen Kratzern übersät. Er stöhnt laut genug, um andere in der Nähe zu alarmieren, die sich ihm anschließen.

"Verdammt großartig." Wir werden in kürzester Zeit umschwärmt werden.

Meira dreht sich aus meinem Griff und rennt den Weg zurück, den wir gekommen sind.

Mein Puls rast, und ich hechte hinter ihr her. Ich

ergreife ihren Arm und ziehe sie schnell zurück in den
Wald. Sie wehrt sich gegen mich, als ob es für sie eine
bessere Option wäre, sich einem Untoten zu stellen.
Ich bete, dass das Blut im Wasser und in der Nähe des
Ufers sie genug ablenkt, dass sie uns nicht folgen.

Wut kocht in meinem Bauch auf.

"Lass mich los! Sie sind hinter *dir* her."

Ich denke, sie schmeichelt sich selber. "Wo
versteckst du dich?", verlange ich.

Aber sie sagt nichts, als ob die Gefahr jenseits des
Flusses plötzlich nicht mehr ihr Problem wäre.
"Wenn ich jetzt schreie, sind sie in null Komma
nichts bei uns." Da ist eine Herausforderung in ihren
Augen, eine Drohung. "Lass mich frei, und ich sage
dir, wo du dich verstecken kannst. Ansonsten wirst
du heute Nacht sterben."

Ein bösartiges Grinsen umspielt ihren Mund,
und ich habe keinen Zweifel, dass sie jedes Wort
ernst meint.

Mein Wolf stößt ein leises Stöhnen aus, das mir
die Kehle hinaufsteigt.

Ich höre das Spritzen von Wasser, und mein Herz
rast in meiner Brust. Ein Schauer läuft mir den
Rücken hinunter.

Ich drücke ihren Arm fester und ziehe sie näher
zu mir, so dass wir uns gegenüberstehen. "Hör zu.
Wenn ich in diesen Wäldern sterbe, wird mein

ganzes Rudel die Wälder nach dir absuchen. Weißt du, was sie mit Alpha-Killern machen?" Ich knurre.

Sie zuckt lässig mit den Schultern, und verdammt, sie testet mich. "Sie werden dich herumreichen, damit du von jedem einzelnen Männchen genommen wirst." Natürlich lüge ich, aber das weiß sie ja nicht. "Hilf mir, und ich sorge dafür, dass man sich um dich kümmert."

Sie schluckt hart, die Farbe weicht aus ihren Wangen. Sie braucht eine Weile, um das zu durchdenken. "Wenn die Untoten dich töten, wird niemand denken, dass ich in irgendeiner Weise schuld daran bin."

Ich lege meine Hand um ihr Handgelenk und halte sie fest. Sie denkt schnell, und das mag ich an ihr.

Der Hass, den sie mir entgegenschleudert, bringt mich zum Grinsen. Dann bewegen wir uns mit Eile durch den Wald.

Sie navigiert gekonnt durch den Wald, selbst als die Nacht hereinbricht. Sie kennt diesen Ort sehr gut. Wir biegen scharf links zwischen zwei hohen Kiefern in einen dichteren Teil der Landschaft ein. Der Boden ist mit Kiefernnadeln übersät, und ich bemerke einen kleinen ausgetretenen Pfad. Sie lebt wohl schon eine Weile an diesem Ort.

Wir halten inne, und dann greift sie nach einer

Strickleiter, die von einem riesigen Baum baumelt. Ich schaue hoch und sehe eine Plattform über mir.

Das habe ich nicht kommen sehen. Sie hat sich ein Baumhaus gebaut, um den Gefahren zu entgehen. Insgeheim bewundere ich ihre Überlebenskünste. Wie hat sie es geschafft, so lange einem Angriff der Untoten zu entgehen? Sie musste immer noch nach Nahrung jagen.

Als das Knirschen von Laub aus der Nähe kommt, greife ich nach der Strickleiter und beginne zu klettern. Ich blicke nach oben und habe nun den perfekten Blick unter ihren Rock auf ihren in schwarze Unterwäsche gekleideten Hintern. Ich sollte nichts spüren, aber Hitze schießt durch meine Adern, bis es sich anfühlt, als stünde ich in Flammen.

Sie klettert auf die Plattform und ich eile hinterher. Es würde mich nicht wundern, wenn sie die Seile durchschneidet und mich zu den Monstern hinunterwirft.

4

———

Meira

Die Nacht breitet ihre Schwingen über dem Wald aus.

Normalerweise sitze ich hier oben und fühle mich sicher in meinem hölzernen Heim, einer einfachen Kiste, die ich aus dicken Ästen gebaut habe, die ich mit Seilen zu Wänden und einem Dach zusammengebunden habe. Die Äste sind uneben und lassen Lücken in den Wänden, die mich mit Dunkelheit anblinzeln. Genau wie ich hat es Unvollkommenheiten. Aber ich liebe es hier.

Ich werfe einen Blick zu dem Wolfswandler neben mir, der mir das alles entreißen will.

Er sitzt mit angewinkelten Knien und übereinandergeschlagenen Armen da und starrt auf nichts Bestimmtes. Es muss ihn umbringen, sich hier oben mit mir verstecken zu müssen, anstatt mich zu seinem Rudel zurückzuschleppen, um vor seinem Alpha als Held zu erscheinen.

"Wie hast du so lange allein überlebt?", fragt er.

Schatten tanzen über sein wunderschönes Gesicht, und er sieht mich nicht einmal an, sondern lässt seinen Blick auf den Holzboden zwischen seinen angewinkelten Beinen sinken. Ich antworte nicht, aber ich erinnere mich, dass Mama immer gesagt hat: *Wissen ist Macht.* Und dieser Wandler hat Informationen, die mir helfen könnten, die Wolfsrudel zu verstehen, damit ich sie besser meiden kann.

"Das Leben kann grausam sein", fährt er fort.

Meine Antwort kommt schnell. "Du bist ein Alpha und arbeitest eng mit dem großen Wolf selbst zusammen, also bezweifle ich, dass dein Leben so schwierig ist." Ich bereue die Bissigkeit in meiner Stimme sofort. Ich erinnere mich daran, dass alle von uns, die zurückgeblieben sind, noch leben, weil wir uns der Hölle selbst gestellt haben, um nicht unterzugehen.

Als er nicht antwortet und Schuldgefühle an meinen Eingeweiden nagen, sage ich: "Tut mir leid, das hätte ich nicht sagen sollen." Wir mögen Feinde sein, aber sind wir in Wahrheit so verschieden? Wir schaffen uns beide ein Leben inmitten eines schrecklichen Virus, das einen Großteil der Bevölkerung ausgelöscht hat. Wir sind Überlebende, egal, wer wir im Inneren sind.

"Das ist nicht das, wo ich enden wollte", gebe ich zu. "Aber die endlose Anstrengung des Überlebens zwingt einen dazu, sich damit abzufinden."

"Ich habe nicht viele getroffen, die mit ihrer Situation glücklich sind. Aber Scheiße passiert."

"Scheiße, wie Frauen zu entführen und sie wie Vieh an andere Rudel zu verkaufen?"

Er dreht sich zu mir um, und hinter seinen Augen brennt es. Ich habe einen wunden Punkt berührt. "Keinem Weibchen wird je etwas angetan. Sie werden sicher verwahrt und beschützt. Das ist Teil unserer Abmachung."

"Aber wir werden trotzdem gegen unseren Willen entführt, nicht wahr?"

"Sind wir nicht alle von den Untoten gefangen? Gezwungen, in kleinen Siedlungen zu leben, das Beste aus dem zu machen, was wir haben? Wo ist also der Unterschied?" Seine Stimme verfinstert sich, seine Worte sind abgehackt.

"Der Unterschied ist, dass wir die Wahl haben sollten, ob wir zu dem anderen Rudel gehen oder nicht. Wie schläfst du nachts?"

Er bellt ein lautes Lachen. "Du kannst dich

glücklich schätzen, dass die Ash-Wölfe über Rumänien herrschen, denn sonst wäre es eine Scheiß-Show für alle. Nach dem Virus gibt es kaum noch Menschen in diesem Gebiet, und die Wölfe sind eingezogen, um zu dominieren. Aber der Wandler, der dich vorhin angegriffen hat, würde sich nicht darum kümmern, ob du Essen oder eine Unterkunft hast. Er würde dich an einen Baum binden und dich einfach vergewaltigen, bis du stirbst. Das ist die Art von Monstern, die es da draußen gibt. Also, ja, ich schlafe ruhig in dem Wissen, dass ich etwas bewirke." Die Tiefe und Aufrichtigkeit in seiner Stimme berührt mich mehr, als ich erwarte. Es beruhigt nicht das Feuer in meiner Brust, entführt und verschifft zu werden, aber es gibt etwas fast Schönes an seiner Leiden-schaft, etwas zu bewirken. Mein früherer Hass auf ihn lässt ein wenig nach.

Ein plötzlicher Schmerz peitscht durch die Mitte meines Magens. Es trifft mich mit einer Schärfe, die durch meine Glieder pulsiert. Die Übelkeit hat mich auch nach so vielen Jahren nicht verlassen. Dieses Gefühl überwältigt mich, und ich schlinge die Arme um mich und beuge mich vor, während die Welle über mich hinwegrauscht. Sie kommt und geht, aber in letzter Zeit habe ich bemerkt, dass sie mich häufiger trifft, als ob sie sich in mir aufbaut. Ich habe Angst, dass es meine Wölfin ist, die herauskommen will, diese verdammte Bestie, die mich mein ganzes Leben lang gequält hat.

"Bist du verletzt?", fragt er.

Ich schüttle den Kopf. "Es sind nur Hungerschmerzen."

Er greift nach vorne und schnappt sich einen meiner grünen Äpfel aus der Schale, die ich in der Ecke stehen habe. "Iss das."

Ich nehme das Angebot an und schaue zu ihm hinüber. Unter dem harten Äußeren schert er sich tatsächlich um andere. Ich beiße in meinen Apfel, seine Süße überzieht meine Zunge und der Saft tropft aus meinem Mundwinkel.

Er starrt auf meine Lippen, auf die Art, wie ich die Sauerei wegwische. Seine Lippen öffnen sich, als er mich beobachtet. Wird er sich zu mir beugen und mich küssen?

Die Gedanken rauben mir den Atem, Schweißperlen bilden sich zwischen meinen Brüsten. Mein Körper hat noch nie so reagiert, mit einer solchen Erregung und einem solchen Bedürfnis, alles zusammengerollt in einer Blase, die bereit ist, in mir zu platzen. Und das nur wegen eines einzigen Gedankens.

Aber er lehnt sich nicht näher heran oder küsst mich. Er sitzt nur da, starrt nach draußen und wartet ab.

Als ich mit dem Essen fertig bin, lässt der

Schmerz nach, und ich werfe das Apfelkerngehäuse durch die schmale Türöffnung nach draußen. Eine kühle Brise weht durch das Baumhaus, und mit ihr kommt der waldige Wolfsgeruch des Wandlers. Mein Herz schlägt schneller, das Blut rast durch meine Adern. Was ist nur los mit mir?

Ich reibe meine Arme und bemerke die Gänsehaut, die seine Haut bedeckt.

Ich wende mich dem kleinen Kleiderbündel zu, das ich bei meinen Durchsuchungen von Gehöften, die ich geplündert habe, gestohlen habe. Ich ziehe einen übergroßen schwarzen Mantel heraus. Er war für einen großen Mann gemacht, und ich habe ihn als Decke benutzt.

"Nimm das. Er wird dich wärmen."

"Mir geht's gut", antwortet er und starrt geradeaus. "Deck du dich zu."

"Ich sehe, dass dir kalt ist", gebe ich zu und hoffe, dass er, wenn ich ihm Fürsorge und Mitgefühl zeige, dasselbe mit mir tut, wenn die Zeit gekommen ist. Er hat sich mir gegenüber geöffnet, also ist das das Mindeste, was ich tun kann. "Weisst du, es ist okay, Hilfe anzunehmen."

Als er zu mir herüberschaut, kann ich mich nur auf seine blassblauen Augen konzentrieren und darauf, wie sehr er mich an einen Wolf erinnert. Dieser Mann schreit *Raubtier*, und er akzeptiert, was er ist. Im Gegensatz zu mir. Ich weiß nicht, was ich sein soll. Ich bin keine vollständige Wölfin, da ich meine erste Verwandlung immer noch nicht hinter mir habe, und ich werde nie vollständig sein. Ich bin gebrochen und unerwünscht, wegen dem, was in mir lebt, weil ich mich nicht verwandelt habe.

"Wirst *du* Hilfe annehmen, wenn ich sie dir anbiete?", fragt er und wölbt seine Stirn nach oben.

"Das hängt davon ab, was dein Angebot ist. Hilfe ist subjektiv und bedeutet für jeden etwas anderes. Ich liebe dieses Haus, das ich gebaut habe. Es gibt mir die Freiheit, zu kommen und zu gehen, von niemandem kontrolliert zu werden. Also brauche ich keine Hilfe."

"Aber du bist allein. Wir alle brauchen jemanden, egal, wie stark wir uns fühlen."

"Weißt du, was passiert, wenn du Menschen nahekommst? Am Ende sterben sie, und das macht dich kaputt. Also ja, allein passt mir ganz gut." Ich ziehe den Mantel über meine Beine und bis zu meinem Kinn, um die Kälte fernzuhalten.

"Es ist besser, diesen Schmerz gespürt zu haben. Dann hast du wenigstens die Liebe gekannt."

Seine harsche Antwort sinkt in mich ein und hallt in meinem Innersten nach. Ich hatte eine Mama, die mich abgöttisch liebte, aber mein Vater verließ uns, als ich sechs war, nach einem riesigen Streit mit Mama. Ich erinnere mich an die Schreie, die Dellen in unseren Wänden von seinen frustrierten Schlägen.

"Ich kann euch beide nicht beschützen!", schrie er. *"Meira ist meinetwegen schwach. Sie wird immer eine Ausgestoßene sein."*

Selbst nach all den Jahren sind seine Worte wie ein Tritt in die Magengrube. In meiner Kehle bildet sich ein Kloß bei der Erinnerung, dass er zu schwach war, zu schwach, um bei uns zu bleiben. Am Ende ist er meinetwegen gegangen. Ich beiße mir auf die Wange, bis es weh tut, nur um die Qualen der Vergangenheit zu beenden.

Wir fallen in ein weiteres Schweigen und ich fühle mich verloren, unsicher, wo ich in dieser Welt hingehöre. Ich weiß mit Gewissheit, dass es nicht meine Bestimmung ist, eine Sklavin zu sein. Ich habe mich jahrelang in den Tiefen dieses Waldes versteckt, und das ist genau der Ort, an dem ich bleiben will – und zwar unbemerkt. Hier kann ich tun, was ich will, und niemand urteilt über mich.

Mein Puls rast und alles, woran ich jetzt denken kann, ist, wie ich von diesem Wandler wegkomme. In dem Moment, in dem ich ihn schlafen höre, verschwinde ich von hier. Sicher, es ist scheiße, dass ich einen neuen Wald finden muss, um mein Baumhaus zu bauen, aber das wird es wert sein, um von dem Wolfsrudel wegzukommen. Ich brauche niemanden.

"Du solltest dich etwas ausruhen", bemerkt er. "Wir brechen bei Tagesanbruch auf."

Nur ich *sollte etwas schlafen?* Er hat also nicht vor, sich auszuruhen? Er wird mich beobachten. Zähneknirschend rutsche ich nach unten und auf die Seite auf die Decke, die ich als Bett benutze. Die geringe Größe des Baumhauses erlaubt es mir nicht, ausgestreckt zu schlafen, also ziehe ich meine Beine ein und rolle mich vom Wandler weg. Ich bezweifle, dass er die ganze Nacht aufbleiben kann, also warte ich die Zeit ab.

Er rutscht hinter mir her, das Holz ächzt unter seinem Gewicht. Das Nächste, was ich weiß, ist, dass er sich hinter mich legt, mit seiner Brust gegen meinen Rücken. Obwohl er keine Kleidung trägt, fühlt sich seine Haut glühend heiß an, und die Hitze überwältigt mich.

Ich versteife mich und spanne meine Schultern an.

Seine Hand schlingt sich um meine Taille, als er mich unsanft gegen ihn zieht.

Ich keuche und winde mich, um zu entkommen, aber er hält mich fest. "Du läufst nicht vor mir weg", knurrt er in mein Ohr.

Mein Herz stolpert.

"Ich kann so nicht schlafen", beharre ich.

"Gewöhn dich daran."

Ich erstarre für einen Moment, dann drehe ich

den Kopf über die Schulter, um das Grinsen auf seinem Gesicht zu sehen. "Was meinst du?"

"Jetzt komm schon, kleine Höllenkatze. So naiv bist du nicht. Was glaubst du, was ein Alpha mit einer hinreißenden Omega wie dir machen will?"

Ich knirsche mit den Zähnen und winde mich gegen ihn. "Ich bin kein Besitz."

Er lacht hinter mir. Das Arschloch liebt es, mich wütend zu sehen. Er schwingt ein Bein über mich, entblößt mich dabei und schiebt sich näher heran. Sein Schwanz drückt gegen meinen Hintern, nur der dünne Stoff meines Rocks und der Unterwäsche sind zwischen uns.

Ich will mich bewegen, aber er hält mich an Ort und Stelle fest. Ein Zucken stupst meine Arschbacken an, dann ein weiteres Zucken, und es dauert nicht lange, bis sein Schwanz hart wird. Und verdammt, er fühlt sich so groß an.

"Du hast eindeutig keine Kontrolle", sage ich.

"Wenn du weiter zappelst, hast du ein echtes Problem am Hals."

Seine Worte lassen mich verstummen, und er lacht mich aus.

"Ich hasse dich", platze ich heraus.

"Gut. Etwas anderes hätte ich auch nicht erwartet. Jetzt mach die Augen zu."

Ich schließe sie und weiß, dass der Schlaf nicht kommen wird. Verdammt, warum muss er so göttlich riechen? Alles, woran ich denken kann, ist, wie gut es sich anfühlen könnte, ihn an mir zu haben, Haut an Haut. Ich stelle mir vor, wie sein Schwanz zwischen meine Beine gleitet, und ein Puls pocht in meinem Inneren.

Sein Atem stockt hinter mir.

Ich erstarre.

Oh fuck, er kann meine Hitze riechen.

Alpha

Ihr süßer Duft reizt meine Sinne und füllt meine Nasenlöcher. Ihre Hitze brennt durch mich hindurch ... die kleine Höllenkatze will mich genauso, wie ich sie will. Meine Eier sind hochgezogen und fühlen sich schwer an. Ich tue mir hier wirklich keinen Gefallen. Sie ist einem anderen versprochen. Aber sie wird nachts fliehen, wenn ich einschlafe, und da ich einen leichten Schlaf habe, werde ich spüren, wie sie sich unter mir wegbewegt. Also halte ich sie fest.

Sie zappelt weiter mit ihrem strammen Hintern, und je mehr sie mich drängt, desto weniger kann ich kontrollieren, was ich als Nächstes tue. Ich stelle mir nur vor, wie ich in sie stoße, sie ausfülle und sie zum

Schreien bringe. Ich habe mich noch nie so verzweifelt notgeil gefühlt. Ich spüre diese unfassbare Lust, und mein Körper ist lebendig, bereit, sie zu beanspruchen. Ich tue mein Bestes, um meinen Verstand zu bewahren. Ich schaue nach unten, wo ihr Mantel und Rock über ihren Hintern hochgerutscht sind. Der dünne Stoff ihrer schwarzen Unterwäsche folgt der Kurve ihres Hinterns. Mein Schwanz pulsiert bei dem Gedanken, sie überall zu berühren.

Mein Herz und ich liegen da mit ihr in meinen Armen und ertrinken in diesem süßen Vanille- und Clementinenduft, vermischt mit ihrer feuchten Hitze.

Ich halte sie fest, meine Finger streifen die weiche Haut ihres Bauches, mein Schwanz drückt gegen ihre Arschbacken.

Plötzlich rollt sie sich auf die Seite, ihr Arsch reibt über meinen Schwanz und bringt mich lächerlich nah an den Rand des Wahnsinns. Ich atme zischend ein, als sie sich zu mir dreht.

"Das ist besser", brummt sie, während sie ihren Körper so zusammenrollt, dass kein Teil von ihr meine jetzt schmerzhaft feste Erektion berührt. Sie zieht den Mantel über sich und wickelt sich darin ein, sodass nur noch ihr Kopf herausschaut. Ihr Mund verzieht sich zu einem Grinsen mit einem Blick der Zufriedenheit, als hätte sie gewonnen.

Verdammt, ich habe noch nicht einmal angefangen, wenn das das Spiel ist, das sie spielen will. Aber ich werde mich nicht darauf einlassen. Denn wenn sie mich anfleht, sie zu nehmen, werde ich nicht aufhören, bis ich sie unter mir habe und sie sich windet.

Ihr Atem streicht über meine nackte Brust, und sie sieht amüsiert zu mir auf. Ihre blassbronzefarbenen Augen erinnern mich an einen Sonnenuntergang nach einem heftigen Sturm, der die Erde erschütterte. So fühlt es sich an, ihr zu begegnen.

"Gute Nacht", sage ich, und mit meiner Hand, die immer noch ihren Rücken umschließt, ziehe ich sie zu mir heran.

Sie keucht, als ihr Körper gegen meinen prallt, mein Schwanz schmiegt sich perfekt zwischen uns. Ein Grinsen kräuselt meine Lippen und ich schließe die Augen.

Ich fühle, wie ihr Hass in meinem Körper Funken der Wahrnehmung entzündet.

"Warum kümmert es dich überhaupt, ob ich mit dir zurück gehe? Du kannst deinem Alpha sagen, dass du mich nicht gefunden hast."

Ich reiße ein Auge auf, um ihren Blick zu erwidern, dann das andere. "Du willst, dass ich lüge? Ich nehme an, dass du noch nie in einem Rudel gewesen bist. Das wirst du sehr bald lernen."

"Ich habe genug gehört, um die Hierarchie zu

kennen." Diese herrlichen Augen verengen sich, und ich weiß genau, warum sie so wütend ist. Aber in einem Rudel wird sie sicherer sein als hier draußen. Der X-Clan hat zugestimmt, sich um alle Weibchen zu kümmern, die ich ihnen schicke.

"Kein freies Tier genießt die Gefangenschaft", erkläre ich. "Aber sobald sie ihr neues Leben akzeptieren, erkennen sie die Vorteile."

Sie wirft mir einen zweifelnden Blick zu. "Wirklich? Du hast mich gerade als ein Tier bezeichnet, das eingeritten werden muss. Ich wette, *du* bist bei den Frauen beliebt." Sie schnaubt und wirft mir einen bösen Blick zu.

"Um es grob auszudrücken, einige wilde Wolfswandler müssen eingeritten werden, damit das ganze Rudel harmonisch funktioniert. Jeder kennt seine Rolle, und gemeinsam sind wir stärker." Aber sie wird nicht für lange mein Problem sein. Ihr neuer Alpha kann Spaß daran haben, sie zu zähmen.

"Glaub weiter dran."

Ich knirsche mit den Zähnen. Noch eine Bemerkung und sie wird über meinem Schoß liegen und meine Handfläche auf ihrem kleinen Arsch spüren. Ich drücke sie fester an mich. Ich bin für eine einfache Mission hierher gekommen. Das vermisste Mädchen zu finden und sie zurückzubringen.

Sie fängt an, mit dem Kragen des Mantels, der sie

bedeckt, zu spielen, ein nervöses Zucken, aber bald darauf beruhigt sie sich und schließt die Augen.

Ihre Wärme dreht und kräuselt sich weiter durch die Luft, bis ich von ihr umhüllt bin. Ich beobachte ihr Gesicht, während ihr Kopf auf einer gefalteten Hand ruht. Ihre Schönheit ist nicht zu leugnen - das dunkle Haar, das sich hinter ihr ausbreitet, die perfekten Linien ihrer schmalen Wangenknochen und Nase, ihre vollen, üppigen Lippen ... dieselben Lippen, die alles sagen, was sie nicht sagen sollten. Plötzlich blähen sich ihre Nasenlöcher, als würde sie spüren, dass ich sie ansehe.

Ich lächle in mich hinein.

Im Schein des Mondes sieht sie berauschend aus.

Sie ist zu perfekt.

Zu schön.

Viel zu ablenkend.

Und nicht mein.

5

Meira

Meine Augen öffnen sich blinzelnd, und ich falle. Panik macht sich in meiner Brust breit. Ich zittere, meine Arme strecken sich aus, um mich aufzufangen. Nur sind meine Handgelenke mit einem Seil zusammengebunden.

"Beruhige dich", knurrt der Alpha in mein Ohr, seinen Arm um meine Taille geschlungen, als ich merke, dass ich über seiner Schulter hänge, während er von meinem Baumhaus herunterklettert.

Er erreicht den Boden, und ich gleite an seinem Körper hinunter, bis meine Schuhe den Boden berühren. Unsere Gesichter sind sich so nah, dass ich die silbernen Flecken in seiner Iris sehen kann, die das Sonnenlicht einfangen. Mein Herzschlag rast in meiner Brust.

Ich hasse dieses Grinsen, als meine Brüste an seiner Brust hinuntergleiten. Er mag den Körper eines Gottes haben, ganz nackt und wahnsinnig sexy, aber ich will nichts mit ihm zu tun haben.

"Binde mich los", zische ich und strecke ihm meine gefesselten Handgelenke entgegen. "Ich kann nicht glauben, dass du mich gefesselt hast, während ich schlief."

Als Antwort greift er nach dem Seil, das von meinen Fesseln baumelt, und zieht mich hinter sich her. "Lass uns gehen."

"Ist das dein verdammter Ernst? Eine Leine? Ich bin doch kein Hund."

"Du bist mein kleiner Wolf", sagt er mit einem kleinen Lächeln, während er über seine Schulter blickt.

Meine Füße stolpern hinter ihm her, und ich koche innerlich. "Gestern Abend dachte ich tatsächlich, dass du ganz okay sein könntest. Ich habe dich sogar weniger gehasst. Aber jetzt verabscheue ich dich mehr als die Schattenmonster, die diese Wälder durchstreifen."

Er sieht mich an, die Lippen zusammengeknif-fen. "Das ist eine Menge Hass."

Ich sträube mich gegen ihn, aber er gibt keinen

Zentimeter nach und zieht mich in immer schnelleren Schritten hinter sich her. Letzte Nacht hätte ich ihn aus meinem Baumhaus schubsen sollen.

"Benimm dich einfach, dann ist das im Nu vorbei", schlägt er vor, als würde er mir einen Gefallen tun.

Scheiß auf ihn. Ich wehre mich den ganzen Weg über, lasse mich von ihm ziehen und kämpfe um jeden Zentimeter.

Wir sind schon seit Stunden unterwegs, ducken uns vor niedrigen Ästen, trampeln über stachelige Sträucher und treten über tote Baumstämme. Er hat mehrere Äpfel mitgenommen, die ich bereits gegessen habe, und trotzdem knurrt mein Magen immer noch nach Essen.

Er erlaubte mir sogar, mich hinter einem Baum zu erleichtern. Während er das Seil hielt, versteht sich. Diese Scham. Ich werde ihn dafür bezahlen lassen.

Wie kann es sein, dass wir noch keinen Untoten begegnet sind? Die Sonne steht direkt über uns, als wir endlich aus dem dichten Wald heraustreten.

Er schaut nach links und rechts einen alten, ausgetretenen Weg hinunter, als ob etwas auf ihn warten sollte. Gras und Unkraut wuchern an den Rändern und wiegen sich im Wind.

"Haben sie dich vergessen?", sage ich in einem

spöttischen Tonfall. "So viel zum Rudel, das sich kümmert. Es scheint, als wärst du nur ein weiterer Wandler, der dem abscheulichen Alpha, der dich hier draußen ausgesetzt hat, egal ist. Ist er es wirklich wert, dein Leben für ihn zu riskieren?"

Er starrt mich an, und diese blauen Augen flackern mit dem schwachen Schimmer von etwas Dunklem. Etwas Gefährlichem.

Der bedrohliche Blick lässt mich zittern. Dieser Gestaltwandler trägt Macht in sich.

"Sei still und beweg dich schnell. Oder ich trage dich den ganzen Weg und du wirst nicht bei Bewusstsein sein." Der harte Ton in seiner Stimme enthält ein Versprechen. Er ist besorgt darüber, wie verwundbar er hier draußen gegenüber den Untoten ist.

Er schwenkt nach links und zerrt mich grob hinter sich her.

Ich überlege, ob ich schreien und einen Aufstand machen soll, aber es gibt keine Garantie, dass die Schattenmonster auch nur nahe genug sind, um mich zu hören. Und ich glaube ihm, wenn er sagt, dass er mich k.o. schlagen wird.

Wir gehen weiter, vorbei an hohen Kiefern, die Sonne brennt uns auf den Rücken. Ich atme scharf ein, als eine warme Brise durch mein Haar streicht. Ich schlucke trotz meiner ausgetrockneten Kehle, und die Muskeln in meinen Oberschenkeln schmerzen von dem steilen Abstieg.

Zweige knacken zu meiner Rechten, und ich drehe mich um, um ein Reh zu entdecken, das uns aus dem Wald anstarrt. Der Wandler, der mich führt, schaut das Tier nicht einmal an, sondern schnuppert nur die Luft.

"Ich habe vielleicht keine andere Wahl, als jetzt zu tun, was du sagst, aber glaube nicht, dass ich in irgendeiner Weise gehorsam bin." Ich hätte mehr tun sollen, damit die Schattenmonster ihn gestern mitnehmen. Verlangsamen. Ihn fallenlassen. Irgend-was. Aber seine Worte machten mir Angst, denn die Wölfe wären zurückgekommen. Sie hätten meine Witterung aufgenommen und nie aufgehört, mich zu jagen.

Er sieht zu mir rüber und denkt über meine Worte nach. "Wenn du meinen Anweisungen folgst, bist du in Sicherheit. Es gibt nichts, wovor du dich fürchten müsstest."

Ich möchte lachen. Ich hebe meine gefesselten Handgelenke, um meinen Standpunkt zu beweisen. "Und zweitens, dein Alpha schickt mich in ein anderes Rudel, also lüg mich nicht an."

"Ich kann dir garantieren, dass dir kein Leid zugefügt wird. Ich würde niemals mit Bestien handeln."

Mein Herz klopft.

Er redet, als wäre er jemand, der Einfluss darauf hat, was mit mir passiert, sobald ich das Ash-Wölfe-Rudel erreiche. Außer, dass die Geschichten, die ich über den Ash-Wölfe-Alpha gehört habe, ihn als Barbaren beschreiben. Jede Nacht eine andere Frau. Er peitscht die Wandler aus, die nicht zum Jagen kommen. Und alle Neugeborenen in seinem Rudel werden verbannt. Nun, es fällt mir schwer, das letzte Gerücht zu glauben, da es keinen Sinn macht, wenn man sein Rudel wachsen lassen will. Aber die anderen Geschichten klingen echt genug.

"Richtig, ein geringergestellter Wandler hat eine solche Macht über den Alpha der Ash-Wölfe." Ich reiße meinen Blick von seinem.

Aber ich spüre, dass er mich beobachtet. "Du musst wissen, wer ich-" Seine Worte werden unterbrochen, und ich schaue mich um, um zu sehen, wie er die Straße entlang starrt. Ein schwarzes Fahrzeug kommt auf uns zu. Das leise Knirschen von Rädern auf dem Asphalt erreicht mich.

Mir dreht sich der Magen um, denn jetzt fühlt sich meine Gefangennahme echt an. Allein mit diesem Wandler habe ich das Gefühl, dass ich die Chance habe, zu entkommen, aber sobald ich mit dem Rudel zusammen bin, werde ich beobachtet werden. Ein Schauer überläuft meine Wirbelsäule.

Der Wandler zieht mich an einem Arm an den Straßenrand und hält mich fest.

"Du musst das nicht tun", sage ich mit Verzwei-flung in der Stimme. Ich bin dabei, in das Rudel aufgenommen zu werden, das dieses ganze verdammte Land beherrscht. Ich werde nicht fliehen können, und die Freiheit, die ich zu haben glaubte, wird eine ferne Erinnerung sein.

Er winkt dem sich nähernden Fahrzeug zu und ignoriert mich.

"Bitte! Lassmich frei." Ich greife nach seinem Arm, berühre ihn. "Ich will nicht verkauft werden oder die Sklavin von jemandem sein. Ich werde ster-ben. Dein Alpha muss nicht mal wissen, dass du mich gefunden hast. Ich werde in die Wälder verschwinden und du wirst mich nie wieder sehen."

Als er zu mir rüberschaut, suche ich in seinen Augen nach Mitgefühl ... nach irgendetwas, das mir zeigt, dass er nicht das Monster ist, für das ich ihn halte.

"Das kann ich nicht tun, Meira." Seine Worte sind scharf und abgehackt.

"Ich hasse dich."

Der Bastard lächelt nur, als der schwarze Gelän-dewagen vor uns zum Stehen kommt.

Meine Beine zittern und mein Mund öffnet sich, um noch einmal zu betteln, aber der Fahrer stößt die Autotür auf und raubt mir die Worte von den Lippen.

Ein Mann steigt aus dem Auto. Einen Meter

neunzig groß, etwas größer als der Wandler neben mir. Seine blassen, stahlgrauen Augen schreien *Wolf*. Er ist breitschultrig, kräftig und ziemlich heiß. Mein Herz klopft wie wild, meine Lungen ringen nach Luft.

Trotz seiner stämmigen Größe starrt er mich mit intensivem Interesse an, als wüsste er etwas, das ich nicht weiß. Ich bin überrascht, dass er ihm in seinem langärmeligen, geknöpften Hemd unter dieser Sonne nicht zu heiß ist. Dunkle Jeans hängen tief auf seinen schmalen Hüften, und er trägt Cowboystiefel, was ich seltsam finde. Er hat einen Kopf voller dunkelbrauner Haare, einen kantigen Kiefer mit kräftigen Lippen und einen leichten Schatten, der seine Kieferpartie bedeckt, was den ganzen Holzfäller-Look noch verstärkt. Er hat etwas extrem Sexuelles an sich und etwas Geheimnisvolles ... und das ist nicht das, was ich empfinden sollte.

Er steht groß und stolz da, das Kinn arrogant nach oben gereckt. Ist er der Alpha der Ash-Wölfe?

Inmitten dieser beiden bin ich fehl am Platz, zappelig und völlig atemlos.

"Lucien, ich dachte schon, du hättest mich vergessen", scherzt mein Entführer zu dem Neuankömmling, und ich vermute, dass diese kleine Bemerkung eine Anspielung auf meine vorherige Bemerkung ist.

Ich werfe ihm einen mörderischen Blick zu.

Lucien schlägt sich zweimal mit der Faust auf die Brust, bevor er den Kopf leicht senkt. "Dušan, ich hatte keinen Zweifel daran, dass du den Weg zurück findest." Er kichert, als sei das ein Insider-Witz zwischen den beiden.

Warte!

Wie bitte?

Habe ich richtig gehört? Mein Blick springt zwischen den beiden Männern hin und her und landet auf Dušan.

Der Wandler, in dessen Armen ich eingeschlafen bin. Der Mann, der seine Erektion an meinen Hintern drückte.

Ich kann nicht atmen.

Er war die ganze Zeit Dušan, der Alpha der Ash-Wölfe, und er hat es mir nicht gesagt!

Sein Gesichtsausdruck ist voller Heiterkeit, er amüsiert sich darüber, meinen Schock zu sehen.

Überrascht? Er sagt es zwar nicht, aber ich sehe es in seinem Gesicht geschrieben.

Er ließ mich all das Zeug über ihn sagen und hörte mir einfach zu. Hitze kriecht meinen Nacken hinauf, aber nichts ist vergleichbar mit der Wut, die in meiner Brust brennt.

Ich blinzle die Männer an und weiß nicht, was ich sagen soll. Ich habe keine Ahnung, warum meine Wölfin an diesem Alpha interessiert zu sein schien und wollte, dass ich mich näher an ihn heranschleiche. Sie muss irregeworden sein, denn dieser Alpha ist alles, was ich mir von einem Partner nicht wünsche. Arrogant. Dominant. Penetrant.

Ich reiße meinen Blick von ihm los und finde Luciens Augen, die mich durchbohren. Seine Aufmerksamkeit wandert an meinem Körper auf und ab, nimmt alles von mir auf. Eine nervöse Erregung baut sich in mir auf, was falsch ist. Nichts an diesen beiden Wandlern sollte dazu führen, dass mein Körper auf die ihren reagiert, aber das tut er. Ich fühle mich heiß, und meine harten Brustwarzen drücken gegen den Stoff meines Oberteils. Unter ihren Blicken fühle ich mich entblößt, als ob ich diejenige wäre, die nackt vor ihnen steht.

Luciens Blick wandert hinauf zu meinen Augen, und ich kann den Blick nicht von diesen hypnotischen stahlfarbenen Augen wenden, die von langen dunklen Wimpern umrahmt werden. "Ist sie das? Meira?"

"Ja", antwortet Dušan und wirft mir einen zufriedenen Blick zu. "Sie ist angriffslustig, also pass auf die Krallen auf."

Ich schaue ihn böse an, als er das Seil, das um meine Handgelenke gebunden ist, an Lucien übergibt und dann zum hinteren Teil des Fahrzeugs hinüberschreitet.

Worte streifen meinen Verstand, aber vor lauter Schock kommen sie nicht heraus. Ich sitze mit zwei

Wandlern fest, die meine Wölfin nach Nähe knurren lassen und mich dennoch aus meiner Freiheit entführen.

"Pack sie auf den Rücksitz und lass uns von hier verschwinden", befiehlt Dušan, während er die hintere Tür des Fahrzeugs öffnet. Er holt die Kleidung heraus, dann steigt er in die blaue Jeans mit ausgefransten Säumen. Während er sich anzieht, hebt er seinen Blick zu mir und zwinkert mir zu.

Ich bin wütend.

Lucien packt mich am Ellbogen und zieht mich zur Hintertür des Fahrzeugs, bevor er sie für mich öffnet. "Nach dir."

Ich hebe meine gefesselten Hände, um hineinzuklettern, und schiebe mich hoch, was mit den gefesselten Handgelenken nicht so einfach ist.

Es gibt einen Stoß in den Rücken, und ich falle nach vorne auf den Sitz. Ich drehe meinen Kopf. "Du bist ein echter Charmeur, weißt du das?"

Die Tür knallt zu, als Dušan den Kofferraum schließt.

"Arschlöcher!" Ich schreie, als beide Männer draußen stehen und unter vier Augen tuscheln. Ich suche den Boden und den hinteren Teil des Wagens nach Waffen ab. Hinten liegen nur Klamotten. Ich robbe hinüber zur gegenüberliegenden Tür und ziehe am Griff. Abgeschlossen. Natürlich ist sie das.

Die beiden draußen gehen zurück zum Auto und springen auf die Vordersitze.

Mein Magen rebelliert, als wir die Straße hinunterfahren.

Dušan lehnt sich zurück und schaut mich von vorne an. Blaue Augen starren mich an, brennen wie ein Inferno in mir, als er seinen Blick auf mein Gesicht fixiert. "Mach es dir bequem. Es ist eine lange Fahrt."

Ich wende den Blick von ihm ab und starre aus dem Fenster, als wir den Wald passieren. Der Ort, den ich einst mein Zuhause nannte. Es fühlt sich bittersüß an, daran vorbeizufahren. Es gibt für mich keinen Ausweg aus dieser Situation.

6

Meira

Ein Schauer überläuft mich, als wir abbiegen und eine lange, schmale Straße hinauffahren. Wir fahren schon seit Stunden durch die felsige Bergwelt der Karpaten, und je näher wir Dušans Rudel kommen, umso mulmiger fühlt sich meine Magengegend an.

Draußen halten sich Untote in der Nähe auf und weitere stolpern aus dem Wald. Das ist nie ein gutes Zeichen, denn es bedeutet, dass sie Blut gerochen haben oder sich daran erinnern, an diesem Ort schon einmal gefressen zu haben. Sie erinnern sich an Gegenden.

Wir fahren auf ein paar massiver Metalltore zu, die mindestens fünfzehn Fuß hoch sind. Ein ähnlicher Zaun mit Stacheldraht erstreckt sich auf beiden Seiten des Tores und um die gesamte Siedlung herum. Der Ort sieht bedrohlich aus und erinnert an ein Zuchthaus.

Riesige Kiefern neigen sich über unseren Weg, aber die in der Nähe der Siedlung wurden gefällt, so dass nur noch Stümpfe übrig sind. Sie haben alles Mögliche getan, um Untote und Eindringlinge davon abzuhalten, in ihre Siedlung zu gelangen.

Ich schaue nach vorne und erspähe ein riesiges mittelalterliches Gebäude jenseits des Zauns und oben auf dem Hügel. Vor lauter Überraschung bleibt mir der Mund offen stehen.

"Euer Rudel lebt in einer verdammten Burg?" Ich schnaufe und starre auf die unbezwingbaren Steinmauern, die spitzen Türme und die Zinnen auf der Spitze. Ich habe über solche Orte in Büchern gelesen, die Mama für mich gefunden hat, wenn wir verlassene Häuser durchwühlt haben. Aber das ist das erste Mal, dass ich in der Nähe eines bin.

"Das ist die Festung Râșnov", erklärt Dušan. "Ritter haben sie vor langer Zeit erbaut, um die umliegenden Dörfer vor Invasionen aus anderen Ländern zu schützen. Später bauten die Sachsen die Anlage aus. Und jetzt nennen die Ash-Wölfe diesen Ort ihr Zuhause."

Ich nicke und kann nicht aufhören, zu der Festung hinaufzustarren, die den größten Teil des Berges einzunehmen scheint. Die ganze Zeit nahm ich an, dass die Wölfe in Holzhütten im Wald lebten, um sich vor den Schattenmonstern am sichersten Ort zu schützen. Nicht ... in einer *Festung*.

Wir kommen in der Nähe des Tores zum Stehen. Eine Bewegung von der rechten Seite des Wagens zieht meine Aufmerksamkeit auf sich. Zwei der Schattenmonster bewegen sich schnell auf uns zu, die Münder klaffen auf, die Augenhöhlen sind eingesunken, die Arme sind schmutzig und mit getrocknetem Blut und Schlamm bedeckt. Einer von ihnen ist halb verwest und hat ein Loch in der Seite, die untere Rippe ist sichtbar. Ich muss bei diesem Anblick fast würgen.

Plötzlich zuckt sein Kopf zur Seite, dann fliegt sein Körper durch den Schwung zu Boden. Er landet in einem Graben und bewegt sich nicht mehr. Eine Schädigung des Gehirns oder eine Enthauptung sind die besten Möglichkeiten, ihn ein für alle Mal zu töten.

Ich werfe einen Blick zum Zaun hinauf und entdecke einen Scharfschützen mit einem Gewehr. Das zweite Monster geht genauso schnell zu Boden. Es ist einfach, wenn es nur ein paar sind ... aber wenn man es mit mehreren hundert auf einmal zu tun hat, ist das eine andere Geschichte.

Ich bin einmal einem Schwarm begegnet und wurde überrascht, als sie aus dem Wald in der Nähe eines Flusses, in dem ich gebadet hatte, herausströmten. Sie ließen mich in Ruhe, aber da ich für sie unsichtbar war, schubsten und stießen sie mich und trampelten auf mir herum, als ich hinfiel. Ich weiß nicht einmal, wie ich überlebt habe, aber das war der Tag, an dem ich beschloss, dass mein Schutz in den Bäumen sein musste.

Eine Krähe stürzt sich auf den Boden und hüpft zu dem Toten hinüber. Sie stochert in einer Wunde an der Seite des Mannes herum und flattert dann einen Augenblick später davon. Nicht einmal Aasfresser fressen die Geplagten.

Die Tore gleiten auf, und wir sind wieder in Bewegung. Ich schaue zurück, als sich die Tore schnell mit einem endgültig klingenden Krachen schließen.

Wir fahren eine kurvenreiche Straße entlang, die uns weiter den Berg hinaufführt, und je mehr Strecke wir zurücklegen, desto mehr zieht sich meine Brust zusammen. Kiefern bedecken den Berg in jeder Richtung, und zwischen ihnen sehe ich Wölfe umherstreifen. Ihr schweres schwarzes und graues Fell ist verfilzt, und ihre Lefzen kräuseln sich gefährlich über scharfen Zähnen, als wir vorbeifahren.

Auf der Spitze des Hügels liegt die Festung. Eine

überdimensionale Zugbrücke senkt sich vor uns, wir fahren hinein und kommen schließlich in einem großen gepflasterten Innenhof zum Stehen. Ein halbes Dutzend anderer Fahrzeuge sind hier geparkt.

Die beiden Wandler klettern zügig aus dem Auto. Mein Magen zieht sich zusammen, als Lucien sich nähert und mich aussteigen lässt.

Als ich aussteige, nimmt er meine Hand statt des Seils, das meine Handgelenke fesselt, dann entfernt er sich mit schnellen Schritten vom Fahrzeug. Prachtvolle Blumen- und Obstbäume schmücken die Gegend, und sie fühlen sich so fehl am Platz. Steinhäuser, die kleineren Versionen von Schlössern ähneln, umgeben den Hof. Wir gehen an ihnen vorbei, und ich bemerke Gassen, die zwischen ihnen hindurch zu weiteren Gebäuden hinter ihnen führen. Überall sind mehr und mehr Menschen, je weiter wir gehen. Nur Männer ... Mein Herz klopft wie wild. Wo sind die Frauen und Kinder?

Ich möchte nur noch weinen.

Alles fühlt sich fremd an. Alles, was ich so lange kannte, waren die Wälder und kleine Siedlungen hier und da, in denen es nur Frauen gab. Aber dieser ... dieser Ort ist so riesig, er schüchtert mich ein.

Die anderen Wandler schauen in meine Richtung, mustern mich von Kopf bis Fuß. Ich sträube mich und weiche vor ihnen zurück, nur um mit Lucien zusammenzustoßen.

"Wir müssen schnell gehen." In seiner Stimme schwingt Panik mit, was wiederum meinen Puls zum Rasen bringt.

Ich atme tief ein und versuche, das Zittern zu kontrollieren, während ich die Angst, die sich in mir zusammenbraut, zurückdränge.

Dušan schreitet vor uns her, muskulös und so groß - sogar die Art, wie er sich bewegt, ist attraktiv. Alle Wandler, an denen wir vorbeikommen, schlagen ihre Fäuste zweimal gegen die Brust, als sie ihren Alpha anerkennen.

Ich versuche, mich daran zu erinnern, mit wem ich es jetzt zu tun habe. Vorbei ist meine Annahme, dass er nur ein normaler Wandler ist. Das ist Dušan. Der Alpha, über den ich so viele furchtbare Gerüchte gehört habe. Ich habe diese Seite von ihm noch nicht wirklich gesehen, wenn ich die Arroganz, die Dominanz und die Entführung ausklammere. Aber als er mich anschaut, befürchte ich, dass ich dieses Monster sehr bald kennenlernen könnte.

Am Ende des Hofes steht ein gigantisches Gebäude, vergleichbar mit einer Burg. Es besteht aus sandfarbenem Stein und hat drei Türme, die mit spitzen Dächern und zahlreichen Bogenfenstern versehen sind. Ein großer Balkon umgibt das oberste dritte Stockwerk. Wachen stehen an der Vorderseite, während weitere männliche Wandler aus ihren Häusern strömen, viele von ihnen schnuppern die Luft und starren mich mit zu großem Interesse an. Der Gesichtsausdruck der Wachen erinnert mich an den Wandler im Wald, der mich angegriffen hat.

Panik ergreift mich, als wir unsere Schritte beschleunigen.

Die Wachen treten zur Seite, und Dušan stößt die Metalltür auf, damit wir das Schloss betreten können. Drinnen ist es schwach beleuchtet, die Wände sind aus Stein und bar jeglicher Gemälde oder Dekorationen. Vor uns liegt eine große Treppe mit einem schwarzen, geschwungenen Geländer. Der Ort wirkt leer, und erst als ich genau hinschaue, erkenne ich die Kratzspuren an den Steinwänden und am Boden. Die Delle im Treppengeländer. Drei Krallenspuren durchziehen sogar die Decke, an der ein Kerzenleuchter hängt.

Dušan hält neben der Mahagonitreppe inne und dreht sich zu uns um. Mir wird heiß bei der Art, wie sein Blick über mich gleitet, seine atemberaubenden Augen lodern vor Feuer. Es scheint, als könne er sich nicht entscheiden, was er mit mir machen soll.

"Was wird jetzt passieren?", frage ich.

Er antwortet nicht sofort, und ich sehe die Räder, die sich hinter diesen blassblauen Augen drehen. Erinnert er sich daran, wie ich ihm Schutz vor den Untoten bot, wie er mich in der Nacht festhielt?

Gerade als ich denke, er könnte mich bitten, ihm Gesellschaft zu leisten, geht er weg und sagt über die Schulter: "Bring sie zu den anderen in den Warteraum." Er steigt die Treppe hinauf, zwei auf einmal. Schwere sinkt durch mich hindurch, zieht mich tiefer und tiefer.

Mistkerl.

Ich öffne den Mund, um etwas zu sagen, aber Lucien ist da, nimmt meinen Ellbogen und führt mich weg.

"Was ist im Wartezimmer?", frage ich.

"Nur ein Ort zum Entspannen und um sich sicher zu fühlen. Du musst dir keine Sorgen machen, Meira. Niemand wird dir hier etwas antun."

Ich blinzle den gut aussehenden Mann an, der mich einen schwach beleuchteten, kopfsteingepflasterten Gang entlangführt. Ich mache mir nicht einmal die Mühe, mich an die Wege zu erinnern, die wir nehmen. Wie weit würde ich kommen, wenn ich versuche, aus diesem Schloss mit all den Wachen, an denen wir vorbeikommen, zu fliehen? Muskulöse, ganz in schwarz gekleidete Wandler beobachten jeden unserer Schritte.

"Das ist nicht wahr, oder?", antworte ich. "Dort werde ich warten, bis du mich zu dem Alpha fliegst, an den ich gehandelt wurde."

Er sieht zu mir rüber, sagt aber nichts, weil ich recht habe. Ich seufze und löse meine Aufmerksamkeit von ihm. Meine Eingeweide sind wie Teer, kleben an meinen Rippen und ich möchte einfach nur schreien.

Lucien führt mich zu einer Tür am Ende des Flurs, seine Schritte sind schwer, passend zu seinen Atemzügen.

Die Tür öffnet sich knarrend und wir stehen einer anderen Wache gegenüber, deren Augen meine treffen. Er ist braungebrannt, die Seiten seines Kopfes sind rasiert. Eine verheilte Narbe verläuft über seine Nase und unter einem Auge.

"Der Vermisste?" Er grunzt.

Lucien nickt. "Der erste Flug morgen früh."

Seine Worte sind wie Dolche, die sich in meinen Rücken bohren und verdrehen. Ich werde so schnell weggeschickt. Ich bin nicht bereit zu gehen. Ich habe mein ganzes Leben in diesem Land gelebt. Ich kenne diese Wälder und die Ungeheuer darin.

Lucien dreht sich zu mir und fummelt an dem Seil um meine Handgelenke herum. "Dušan hat eine Vereinbarung mit jedem Handelsrudel, die sicherstellt, dass jedem Weibchen, das er schickt, kein Leid zugefügt wird."

Er bindet das Seil von meinen Handgelenken los, aber er hält meine Hände fest, bevor ich mich losreißen kann. Er lächelt mich an, als ob ich ihm dankbar sein sollte. Aber ich bin hin- und hergerissen. Verängstigt. Wütend. Verwirrt.

"Eine Gefangene ist immer noch eine Gefangene", murmle ich.

Er sieht mich an, während ein Schmerz über sein Gesicht gleitet. Diese stahlgrauen Augen scheinen sich direkt in meine Seele zu bohren, während sein Daumen über die Innenseite meines Handgelenks streicht. Ich schlucke schwer.

"Wenn du verletzt wirst, finde einen Weg, uns zu kontaktieren", betont er. "Wir melden uns regelmäßig bei den Rudeln und den Frauen. Vertrau mir, was das angeht."

Unter seinem Blick zu verharren, reißt mich leicht aus meinen turbulenten Gedanken und überlässt mich seiner Gnade. Die Art, wie seine Daumen über meine Handgelenke streichen, entfacht ein berauschendes Gefühl, das mich zusammen mit seiner Alpha-Macht überwältigt.

Mein Herz rast, ich starre ihn an, als wäre da mehr zwischen uns, aber damit bewege ich mich auf Eis, ohne zu wissen, wie dünn es ist. Es ist leichtsinnig und kann nur schlecht für mich enden. Alle männlichen Wandler wollen nur eines - eine Frau beanspruchen und sie schwängern. Und ich kann nicht diese Frau sein und ein Kind in diese grausame Welt bringen. Ich sollte weder mit Dušan noch mit Lucien etwas zu tun haben wollen.

Sein Mund verzieht sich, um etwas zu erklären, aber ich will keine Ausrede hören, die er mir zu geben hat. Morgen bin ich weg und werde ihn nie wieder sehen. Ich ziehe meine Hände aus seinen und gehe ins Zimmer, lasse ihn zurück.

Es gibt keinen Grund für mich, einem dieser Ash-Wölfe zu vertrauen. Weder jetzt, noch irgendwann.

Mindestens ein halbes Dutzend Frauen, die ich nicht kenne, halten sich in dem Raum auf, lesen Bücher oder unterhalten sich. Zu meiner Über-raschung scheinen sie halbwegs glücklich damit zu sein, hier zu sein. Zwei sitzen am Feuer und unter-halten sich, während eine Brünette allein am Fenster sitzt und auf den Wald da unten starrt. Alle Sofas sind besetzt, und niemand schaut in meine Rich-tung. Ähnlich wie die Mädchen im Flugzeug sind auch diese in einem ähnlichen Alter wie ich, gekleidet in saubere Kleidung ohne Risse oder Flecken.

Ich kämpfe gegen die Tränen an, hocke mich in die hinterste Ecke und reibe mir die von den Seilen wunden Handgelenke.

Ich weiß nicht, wie viel Zeit vergeht, als die Brünette vom Fenster aufsteht, um sich die Füße zu vertreten, und zu mir herüberkommt.

"Wie geht's dir?" Sie setzt sich vor mich, die Beine übereinandergeschlagen.

"Ich hasse diesen Ort", antworte ich.

Sie lacht halb und nickt. "Ich verstehe nicht, wie

manche von ihnen so entspannt aussehen können." Sie deutet mit dem Kinn auf die kichernden Mädchen auf der Couch. "Ich bin schon ganz hibbelig und will loslegen." Sie redet in einem Affentempo, ihre Hände unterstreichen ihre Worte. Sie trägt ein gelb-weiß gestreiftes Kleid mit kurzen Ärmeln. Kein einziger Schmutzfleck.

"Ich bin Sam", sagt sie und fährt sich mit einer Hand durch die Locken. Sie ist wunderschön, hat lange Wimpern und trägt einen rosigen Lippenstift. Ich habe bisher nur Jaine Lippenstift tragen sehen. Sie ließ mich ihn einmal ausprobieren, aber er fühlte sich auf meinen Lippen klebrig an.

"Meira", gebe ich zu und denke mir, dass es keinen Grund gibt, es weiter zu verbergen. Es wird meine Situation nicht ändern.

"Du machst das gut, Meira, dass du nicht ausflippst. Die meisten Frauen, die gerade erst eingeliefert wurden, kommen damit überhaupt nicht gut zurecht und haben einen Nervenzusammenbruch."

"Oh, ich hatte meinen Moment zum Ausrasten, als Dušan mich im Wald erwischt hat."

Ihr fällt die Kinnlade herunter. "Der Alpha persönlich? Das gibt's doch nicht!" Ihre Stimme quietscht vor Aufregung. "Wie ist er denn so? Ich habe so viele Geschichten gehört, alle widersprüchlich. Ein paar der Frauen haben ihn gesehen und sagen, er sieht aus wie ein Gott. Aber er redet mit niemandem, der weniger als Alpha-Status hat."

Ich verschlucke mich fast an meinem Lachen. "Er ist eher ein Arschloch, wenn du mich fragst." Allein das Aussprechen dieser Worte bringt mich zurück zu uns in meinem Baumhaus und seiner Erektion, die mir gegen den Hintern drückt. Ja, er ist ein Arschloch, ganz genau.

Sie sieht zuerst fast beleidigt aus über meine Worte. "Wie ist er denn so? Gutaussehend?"

Ich blinzle sie an. "Du hast ihn nicht gesehen?"

Sie schüttelt den Kopf. "Es ist drei Tage her, dass ich von einem männlichen Beta gefangen genommen und hierher gebracht wurde. Wir Mädchen gehen heute Abend alle zu einer Paarungszeremonie, um zu sehen, ob unser Seelenverwandter im Rudel der Ash-Wölfe ist. Wenn nicht, dann werden wir zu einem anderen Rudel irgendwo in Europa gehandelt. Dušan hat anscheinend ein paar Handelspartnerschaften arrangiert."

Ich habe keine Ahnung, wie die Zeremonie abläuft, aber ich verstehe genug, um mir einen Reim darauf zu machen, was passieren wird. In Wahrheit hasse ich die Vorstellung von der ganzen verdammten Sache. "Und du bist mit dieser Zeremonie-Sache einverstanden?"

Sie nickt enthusiastisch. "Ich war läufig, als ich mich die letzten zwei Zyklen im Wald versteckt habe, und das hat mir unerträgliche Schmerzen bereitet. Meine Wölfin schreit nach einem Gefährten und wenn ich da draußen bleibe, wird mich ein wilder Wandler jagen und vergewaltigen, bis ich sterbe. Also freue ich mich darauf, dass ich nicht mehr weglaufen und keine Angst mehr haben muss. Und ich kann es kaum erwarten, zu sehen, ob mein Gefährte in diesem Rudel ist." Sie streckt die Hand aus und ergreift meine Hand, ihre Berührung fast zittrig vom Adrenalin. "Ich habe gehört, dass Dušan und sogar sein Dritter, Lucien, dabei sein könnten. Beide müssen noch eine Gefährtin finden." Ein aufgeregtes Glitzern schimmert in ihren Augen.

Ich kann mir nichts Schlimmeres vorstellen. Aber ich hasse die Frau nicht für ihr Glück, wenn es das ist, was sie will. "Viel Glück bei der Suche nach einem Alpha."

Ihr Gesicht strahlt. "Bist du nicht aufgeregt wegen heute Abend?"

Ich starre die Frauen um uns herum an. Die meisten reden und sind genauso aufgeregt wie Sam. Diese Frauen sehnen sich nach einem Gefährten. Sie wollen einen Wandler, mit dem sie sich verbinden und Babys haben können. Ich kann mir nicht vorstellen, so zu leben, mich von jemand anderem kontrollieren zu lassen, mich nicht mehr frei zu fühlen. Mama hat immer gesagt, dass ich mich von anderen Wölfen fernhalten soll, bis meine Wölfin zum Vorschein kommt. Sonst würden sie mich töten, weil ich anders bin. Deshalb kämpfe ich so sehr um meine Freiheit.

"Du wirst ohne eine Zeremonie gehandelt?", fragt sie.

Seufzend sage ich: "Ja. Ich werde wie ein Tier behandelt." Bitterkeit schwingt in meinen Worten bei der Erinnerung daran, wie ich beim ersten Mal im Wald gefangen und in einen Lastwagen geworfen wurde. Dort verhörte mich ein männlicher Wandler und machte sich Notizen über mich in seinem Notizbuch. Dann wurde ich in ein Flugzeug geschleppt. Also während diese Mädchen eine Zeremonie bekommen, bekam ich nichts dergleichen.

"Oh, Meira." Sie legt eine Hand auf mein gebeugtes Knie. "Du siehst das ganz falsch. Du bekommst einen Lebenspartner, damit du nicht mehr allein bist. Willst du das nicht?"

Ich schüttele den Kopf, und ihre Augen weiten sich bei meiner Antwort. "Wirklich?", fragt sie.

"Willst du nicht mehr, als nur einem Mann zu dienen und seine Kinder zu bekommen?" Ich versuche, die Bitterkeit aus meinen Worten herauszuhalten und ihre Träume nicht zu zerstören.

Sie blinzelt und starrt mich verwirrt an. Wie schön muss es sein, so ein ignorantes Leben zu führen. Vielleicht bin ich das Problem, kämpfe gegen den Ur-Ruf meiner Wölfin an, nur bin ich nicht wie

Sam oder die anderen Mädchen im Raum. Die Dinge können für mich niemals so einfach sein. Was in mir liegt, ist nicht normal, aber ich schiebe diese Gedanken weg.

"Nun, Meira", sagt Sam, als sie aufsteht. "Es tut mir leid, dass du gehandelt wirst und keine Chance bekommst, deinen Seelenverwandten zuerst in diesem Rudel zu finden. Wir Wölfe sind alle geboren, um unsere andere Hälfte zu finden, nicht um Einzelgänger zu sein, also werde ich ein Gebet zum Mond sprechen, dass du deinen Partner bald findest." Mit einem kurzen Lächeln schlendert sie durch den Raum, um sich zu den anderen auf die Couch zu setzen.

Ich senke den Kopf und starre auf den Holzboden, bemerke die Kratzspuren. Sams Worte bleiben bei mir. Nur erinnere ich mich daran, dass ich nicht wie sie bin und dass die einzige Lösung für mich darin besteht, allein zu sein.

Die Zeit vergeht, ich schließe meine Augen und drifte in den Schlaf. Jetzt ist es draußen Nacht, und mit ihr kommt ein anhaltender Schmerz in meiner Mitte. Er wird stärker und schneidet tiefer in mich hinein.

Ich zwinge mich, aufzustehen. Vielleicht wird das Gehen den Schmerz lindern. Niemand beachtet mich, aber alles, woran ich denken kann, ist, langsam zu atmen und den Schmerz zu verdrängen.

Es kommt und geht immer. Meine Krankheit hat mich nie verlassen, auch nicht nach all diesen neunzehn Jahren.

Aber der Schmerz schlägt über mir zusammen, als würde mich jemand auspeitschen. Ich schreie auf, fasse mir an den Bauch und falle dann auf die Knie.

Um mich herum werden Stimmen laut. Jemand ist an meiner Seite, aber ich kann mich auf nichts konzentrieren. Ich keuche, als ein Reißen durch mich geht. Es wird tiefer, schärfer, schließt sich um meinen Magen.

"Meira", sagt Sam und winkt verzweifelt jemandem hinter mir zu.

Ich falle auf den Boden. Sterne blitzen vor meinen Augen auf und trüben meine Sicht. Mein Bauch brennt und fühlt sich an, als würde jemand meine Eingeweide herausreißen. Ich schlinge die Arme um mich und ziehe meine Knie an die Brust, während ich versuche, mit dem unerträglichen Schmerz fertigzuwerden.

"Ich brauche Hilfe ..." Die Worte kommen aus meinem Mund, als die Dunkelheit langsam in mein Sichtfeld kriecht.

7

Dušan

Der Alpha in mir verlangt, dass ich Ander anrufe und ihm bestätige, dass ich seine vermisste Omega gefunden habe. Aber mein Wolf knurrt bösartig bei dem Gedanken, sie nicht selbst zu beanspruchen. Ihr köstlicher Mund sagt so viele Dinge, die sie nicht sagen sollte - Worte, für die ich schon andere Wölfe bestraft habe. Ich sollte sie zur Seite schleifen und ihr den strammen kleinen Arsch für ihre Kommentare im Wald versohlen.

Das hält mich nicht davon ab, sie so hart ficken zu wollen, dass die ganze Siedlung ihre Lustschreie hört und weiß, dass sie beansprucht wurde. Dass sie mein ist. All diese männlichen Wandler, die sie im Hof hungrig anstarrten, haben mich verärgert, und jetzt muss ich mich um diese Belästigung kümmern. Sie ist ein unmarkiertes Weibchen, und ihr Duft ist reif, um Männchen zu ihr zu locken. Damit eine echte Paarung stattfinden kann, muss ihre Wölfin das Männchen akzeptieren.

Ich seufze und lehne mich über den Balkon vor meinem Büro, der Wind ist heute still, aber ich spüre, dass sich etwas in der Energie zusammenbraut. Unten erstreckt sich der immergrüne Kiefernwald über den Berg. Die alte Stadt Râșnov liegt in der Nähe, jetzt verlassen und verfallen. Niemand lebt dort, abgesehen von gelegentlichen Hausbesetzern. Die Straßen sind voller Untoter, die Menschen haben sie schon vor langer Zeit verlassen.

Jemand räuspert sich, und ich atme Luciens waldigen Wolfsgeruch ein, als er sich zu mir nach draußen gesellt. "Irgendetwas ist anders an ihr."

Ich weiß genau, wen er damit meint. Ich habe den Blick in seinen Augen gesehen, als er Meira zum ersten Mal getroffen hat, sein stärker werdender Atem, die Beschleunigung seines Herzens. Sie hat mich wie ein ahnungsloser Sturm eingenommen, ihr Duft weigert sich, mich zu verlassen, ihre feurige Einstellung ist eine Herausforderung, die ich annehmen will.

Ich wende mich meinem Dritten zu und richte meine Gedanken auf das Geschäftliche. "Ander erwartet ihre Lieferung."

Er nickt mit dem Kopf, aber mir entgehen nicht seine leicht zusammengekniffenen Augen. "Was, wenn wir sie noch eine Weile behalten?", schlägt er vor. "Herausfinden, was sie anders macht. Ich bezweifle, dass Ander es begrüßen würde, wenn wir ihm fehlerhafte Ware schicken."

Der Wind weht ihm das braune Haar aus dem Gesicht, und er hält sich neben mir am Geländer fest.

"Hat sie dich so sehr berührt?", frage ich.

Stahlgraue Augen heben sich, um meine zu treffen. "Keine verdammte Chance."

Ich glaube ihm fast. Fast. Er war immer in der Lage, andere davon zu überzeugen, dass er sich vom Zustand der Welt nicht beeinflussen lässt, dass er unbeweglich wie ein Berg ist und dass er einfach weitermacht, wenn das Leben hart wird. Aber ich kenne den Mann, der vor mir steht. Er ist ein Freund, der so verdammt viel verloren hat, dass der einzige Weg, damit fertigzuwerden, darin besteht, sich der Verleugnung hinzugeben. Es gibt einen Grund, warum er Cowboystiefel trägt. Sie sind das Einzige, was ihm von seinem Vater geblieben ist, also kann er seinen Schmerz nicht so gut verbergen, wie er denkt.

"Mad und Caspian müssen verdammt noch mal

vom X-Clan zurückkehren", knurre ich. "Ich kann es nicht gebrauchen, dass ein Hitzkopf wie Mad meine Handelsvereinbarungen ruiniert, indem er etwas Dummes tut." Meine Schultern versteifen sich. Der einzige Weg, wie ich jeden in meinem Rudel in Sicherheit bringen kann, ist dieser Austausch. Meira auszuliefern, behebt das Problem. Warum also schießen mir Zweifel durch den Kopf, sie zu Ander zu schicken?

Mein Wolf schnaubt über meine Unentschlossenheit. Wenn er lachen könnte, würde er heulen. Wölfe sind dazu bestimmt, sich zu paaren. So sind wir nun mal gebaut.

Mit einem verdrießlichen Grinsen klopft Lucien mir auf die Schulter. "Sie hat dich auch erwischt, wie ich sehe."

"Scheiße." Ich schüttle den Kopf. "Ich brauche das nicht." Ich fahre mir mit der Hand durch die Haare und starre auf die Landschaft hinaus. "Irgendwas stimmt nicht mit ihr. Ihr Geruch ist nicht richtig." Und wenn ich meine Gefährtin getroffen hätte, wüsste ich das. Deshalb denke ich, was ich fühle, ist kaum mehr als Lust.

"Ein Teil von mir fragt sich, ob sie nicht eine Kreuzung zwischen verschiedenen Wolfsrassen ist", schlägt Lucien vor.

Ich erwidere seinen Blick, mein Blick verengt

sich. "Du denkst, sie ist von einem gegnerischen Rudel?"

Er zuckt mit den Schultern. "Du hast mir einmal gesagt, ich solle nie eine Möglichkeit ausschließen."

Außer, dass sie draußen in diesem Baumhaus lebte. Nun, zumindest dachte ich das. Das heißt nicht, dass sie nicht zu einem anderen Rudel gehören kann. Es gibt viele Rassen von Wolfswandlern, viele, die bereit sind zu töten und mein Rudel und Territorium in die Hände zu bekommen. Töte mich und du hast das Recht, um den Platz des Alphas in meinem Rudel zu kämpfen.

Ich knirsche mit den Zähnen und sauge einen scharfen Atemzug ein, versuche, mich zu beherrschen. Könnte sie eine Spionin sein, um andere Alphas in mein Rudel einzuschleusen? Wie gut kenne ich sie wirklich?

Schritte hinter mir erregen meine Aufmerksamkeit und reißen mich aus meinen Gedanken.

Mihai ist im Büro, und ich nicke. Perfekt. Ich werde gleich herausfinden, was genau mit der Lieferung an die X-Clan-Wölfe passiert ist.

Lucien und ich gehen die Länge des Balkons entlang und treten hinein zu Mihai.

Mihai klopft sich zweimal auf die Brust, bevor er den Kopf senkt. Er ist ein Beta und damit beauftragt, meinen Transport zu managen, und er hat seit

Jahren einen verdammt guten Job gemacht. Aber Mad hat ihn schnell dafür verantwortlich gemacht, dass Meira bei der Lieferung fehlte.

"Dušan", sagt er, während er auf ein Kommando wartet.

"Setz dich."

Er setzt sich mir gegenüber an den Schreibtisch. Der Rest des Raumes ist leer. Dies ist kein Ort zum Faulenzen, sondern ein Ort, um zu arbeiten. Lucien steht an der Tür zum Balkon, sein Schatten spannt sich über Mihai. Er sitzt still, den Rücken gerade, ohne sich zu ducken.

"Du hast mich nie im Stich gelassen", beginne ich. "Also, wie ist ein Mädchen bei der letzten Lieferung verschwunden?"

Er holt tief Luft, gefolgt von ein paar Momenten unangenehmen Schweigens. Mihais Blick gleitet von Lucien zu mir. "Ich habe neun Mädchen geliefert." Er fummelt an etwas in seiner Tasche herum und zieht ein zusammengefaltetes Stück Papier heraus. Er legt es vor mir ab und faltet es auseinander.

Ich lese die Liste der Mädchen, das letzte ist Meira. Jede hat ein Häkchen, wie auf allen anderen Lieferscheinen auch. Wir hatten dieses Problem noch nie.

Als ich aufschaue, sehe ich keinen Wolf, der aussieht, als würde er etwas verbergen. Die verräterischen Zeichen des Lügens sind nicht da; er schwitzt auch nicht nervös.

"Also bist du sicher, dass neun Mädchen in dieses Flugzeug gestiegen sind?"

Seine Augen halten meine fest und schauen nicht einmal weg. "Ich habe sie wie immer zu Mad ans Flugzeug geliefert, dann bin ich gegangen. Ich habe nichts anders gemacht."

Ohne Mad hier kann ich keine der beiden Geschichten als Wahrheit feststellen. Aber ich habe Meira, die keinen Grund hat, zu lügen, wie sie entkommen ist. Das einzige Problem ist, sie dazu zu bringen, sich zu öffnen.

"Und Mad?", fragt Lucien. "Hat sich irgendetwas an seinem Verhalten geändert?"

Mihai bellt ein Lachen. "Mad war das übliche Arschloch und sagte mir, ich solle mich verpissen, weil sie Verspätung hätten."

Ich blinzle ihn an, weil ich nicht wusste, dass der Flug Verspätung hatte. Soweit ich weiß, sind die Mädchen also am Flugzeug angekommen. Nur irgendwie hat Mad eine zwischen dem Einladen und dem Abheben verloren, da Meira noch in unserem Wald war und nicht zwei Länder entfernt. Ich brauche keine Versager. Ich werfe einen Blick auf mein Comm und greife danach, um Mad anzurufen.

"Entschuldigung." Jay, einer meiner engen

Wächter, steckt abrupt seinen Kopf in mein Büro. Panik zeichnet sich auf seinem Gesicht. "Tut mir leid, dass ich so reinplatze, aber wir haben einen Notfall."

"Was ist es?" Ich knurre.

"Etwas stimmt nicht mit der neuen Wölfin. Sie hat vor Schmerzen geweint und ist einfach ohnmächtig geworden."

Mein Herz krampft sich zusammen. Lucien tritt näher, sein Atem geht schneller.

"Bringt sie in mein Zimmer", befehle ich.

Ich starre Lucien ungläubig an. Kurz nachdem wir festgestellt haben, dass etwas an ihr anders ist ... Mihai, der immer noch auf seinem Platz sitzt, zieht verwirrt die Stirn in Falten.

"Du kannst gehen", sage ich ihm. "Wir werden das später besprechen."

Meira

Meine Augen fliegen auf, und mein Herz rast. Schweiß rinnt an den Seiten meines Gesichts und meines Halses herunter, mein ganzer Körper glüht vor Hitze. Ich blinzle gegen das Sonnenlicht an, das durch das gewölbte Fenster in den Raum fällt. Zuerst weiß ich nicht, wo ich bin. Langsam kommt meine Umgebung in Sicht.

Steinerne Wände erinnern mich daran, dass ich

mich in einer Burg bei den Ash-Wölfen befinde. Ich liege auf einem weichen Bett, drehe mich auf die Seite und starre einen Schrank aus dunklem Holz an, an dessen Ecken kunstvoll geschnitzte Wölfe den Mond anheulen. Auf dem Boden liegt ein üppiger Teppich, der die Farbe von frischem Blut hat. So etwas Sauberes und Neues habe ich schon lange nicht mehr gesehen.

Ich rieche ihn überall auf dem Bett. Dušan. Sein Moschus- und Wolfsgeruch überflutet mich, genau wie damals in meinem Baumhaus. Dies ist sein Zimmer. Der Alpha hat mich in sein Bett gelegt, was mich verwirrt, wenn man bedenkt, dass er mich abrupt in den Warteraum für den Abtransport geschickt hat.

"Wie geht es dir?", fragt eine tiefe Stimme hinter mir.

Ich drehe mich um und finde Lucien, der auf der Bettkante sitzt und mich besorgt anschaut.

"Du hast uns alle erschreckt, als du ohnmächtig wurdest und nicht mehr aufwachen wolltest."

"Meine Kehle ist trocken", krächze ich, schaue mich im Zimmer um und finde einen schwarzen Ledersessel am Fenster.

Lucien greift zu dem Nachttisch neben ihm und holt ein Glas Wasser.

Ich blinzle ihn an und setze mich aufrecht im Bett auf. Dieser vertraute Schmerz pulsiert durch mich. Die Übelkeit hat mich stärker gepackt als früher, der Schmerz ist unerträglich. Was ist nur los mit mir? Mein Magen verkrampft sich, denn es wird mir keinen Vorteil verschaffen, wenn ich mich den Wölfen so krank zeige. Es wird mich an den unteren Rand ihrer Rudelhierarchie befördern ... zu kaputt, um etwas anderes als ihre Sklavin zu sein.

Er reicht mir das volle Glas. Unsere Finger berühren sich, und ein Energieschub tanzt meinen Arm hinauf. Er breitet sich in mir aus und überwältigt mich mit einer sengenden Hitze. Ich verliere den Atem und schlucke schwer, versuche, das Gefühl, das mich zu diesem Alpha zieht, zu verdrängen. Alles an ihm verzehrt mich. Ein Teil von mir möchte nachgeben, ihn bitten, mich zu beschützen. Ein anderer Teil hasst diese Gedanken, aber mein Körper verrät mich.

Als ich meinen Blick zu ihm hebe, sehe ich, wie sich sein Wolf hinter diesen umwerfenden stahlgrauen Augen regt. Die, in die ich mich fallen lassen und in denen ich mich verlieren möchte.

Ich schüttle mich innerlich, ich brauche Abstand von diesen Alphas.

"Ich fühle mich besser", lüge ich, während ich das eiskalte Wasser hinunterschlucke und die Hitze verjage, die sich an mich klammert.

Er sieht mich an, als ob er direkt in meine Seele starrt. Ich reiche das leere Glas zurück und lächle, kämpfe gegen den Schmerz an, der mich benommen und erschöpft zurücklässt. Normalerweise würde ich ein paar Tage im Bett bleiben, um darauf zu warten, dass die Übelkeit vergeht, aber diesen Luxus habe ich nicht mehr.

"Bist du krank?", fragt er und weigert sich, das Thema loszulassen. Natürlich will er das nicht.

Ich schüttle den Kopf. "Ich habe schon eine Weile nichts mehr gegessen. Ich glaube, es waren nur Hungerschmerzen."

Er nickt, aber die Art, wie er mich studiert, macht deutlich, dass er mir nicht glaubt. "Das haben wir vermutet, also habe ich dir eine kleine Spritze gegeben, die helfen sollte."

Mein Blick geht instinktiv zu meinem Arm und ich schaue auf einen kleinen Verband an der Innenseite meines Ellbogens hinunter. Ich versuche, nicht zu sehr darüber nachzudenken, was er mir gegeben hat, weil ich nicht will, dass er mich verdächtigt, in Panik zu geraten. Aber ich habe keine Ahnung, wie sich das auf meine Krankheit auswirken wird.

Mit dem kleinen Handtuch in der Hand greift er hinüber und befeuchtet meine Stirn. Da ist eine Zärtlichkeit in seinen Berührungen, in der Art, wie er mich ansieht.

Dennoch kriecht Panik meine Wirbelsäule hinauf.

"Es ist ein bisschen heiß hier drin", sage ich scherzhaft, aber er lächelt nicht.

Ich blinzle heftig, und meine Gedanken scheinen zu stottern.

"Mach dir keine Sorgen. Die Injektion enthielt nichts weiter als Vitamine, um dein Immunsystem zu stärken."

War das wirklich alles?

"Und warum bin ich in Dušans Bett?" Der Raum hat eine Wärme, eine Gemütlichkeit, und so habe ich mich schon lange nicht mehr gefühlt. Gespaltene Holzstämme sind eben niemals so weich wie eine Matratze.

"Er bestand darauf, sobald er hörte, dass du ohnmächtig geworden bist." Lucien ist auf den Beinen. "Lass mich dir etwas zu essen holen."

Als er sich zum Gehen wendet, frage ich: "Wie lange habe ich denn geschlafen?"

"Zwei volle Tage, ohne aufzuwachen."

Ich stähle mich schnell und lache halb, denn normalerweise schlafe ich mehrere Tage, was in keiner Weise normal ist. "Ich war eindeutig erschöpft."

"Ja, das muss es sein." Er geht hinaus und schließt die Tür, und das Klicken eines Schlosses hallt durch den Raum.

Shit! Ich lasse mich zurück ins Bett fallen, mein Körper pocht vor Schmerz. Ich rolle mich zusammen, vergrabe mein Gesicht im Kissen und will weinen.

Angst schüttelt mich. Deshalb habe ich es so lange vermieden, erwischt zu werden. Die Krankheit macht mich verwundbar, wie lange wird es dauern, bis Dušan das merkt und herausfindet, dass ich mich nie in meine Wölfin verwandelt habe? Ich war nie in der Lage, vollständig zu sein. Man wird mich verstoßen, und nicht einmal die ausgehungerten Männchen werden mich berühren wollen. Ich werde eingesperrt werden, weil jemand wie ich nicht existieren sollte.

Ich ziehe die Decke an meine Brust und schließe die Augen, bete, dass die Schmerzen verschwinden. Dann finde ich einen Weg hier raus.

Das Gute daran ist, dass ich nicht zu dem anderen Rudel verfrachtet wurde. Vielleicht ist das ein gutes Omen. Ich ignoriere das spöttische Lachen in meinem Kopf und klammere mich an die letzten seidenen Fäden der Hoffnung, die mir geblieben sind.

*L*ucien

. . .

Die Farbe ihrer bronzenen Augen erinnert mich an loderndes Feuer. Sie bleiben bei mir und weigern sich, mir aus dem Kopf zu gehen. Genauso wie ihr berauschender Duft, zusammen mit dem Geruch von Blut. Ich kann nicht herausfinden, was es ist, aber sie verbirgt definitiv etwas. Wäre sie ein anderer Wandler, hätte ich die Antworten bereits aus herausgepresst. Aber Meira macht etwas mit mir. Meine Bestie beruhigt sich in meiner Brust, aber sie macht mich unruhig. Geheimnisse bringen einen in dieser Welt um, also welche Geheimnisse hat die kleine Wölfin?

Ich ertappe mich dabei, wie ich vor der Tür zu ihrem Schlafzimmer stehe, als hätte ich keine Kontrolle über mein eigenes Handeln, weil mein Wolf darauf besteht, dass ich in ihrer Nähe bleibe. Als sie meine Hand berührte, schoss ein Schwirren meinen Arm hinauf und traf mich. Sie raubte mir den Atem ... Mein Körper spannte sich an, und mein Wolf drückte nach vorne, während ich meine Fäuste ballte. Eine automatische Reaktion, sie zu beschützen, überwältigte mich.

Schock füllte ihre Augen, und ich brannte darauf, über das Bett zu greifen und sie in meine Arme zu nehmen. Alles, woran ich denken konnte, war, wie schön sie war, wie sehr ich ihre Lippen schmecken musste.

Scheiße! Mein Kopf ist ein einziges Durcheinander.

Ich fühle immer noch ihre Anwesenheit. Jetzt verstehe ich Dušans Reaktion, sie ausgerechnet in seinem Schlafzimmer in Sicherheit zu bringen. Er fühlt, was ich bei Meira fühle. Außer, dass ich noch nie gehört habe, dass es zwei oder mehr Seelenverwandte für einen Wolf gibt.

Ich stoße mich von ihrer Tür ab und fühle immer noch die Versuchung, als ich weggehe. Tief in mir drängt mein Wolf nach vorne, er sehnt sich nach der Veränderung.

Meira.

Er ruft nach ihr, aber ich kann es mir nicht erlauben, sie zu wollen. Sie wird weggeschickt werden, und wenn nicht, hat mein Alpha die erste Wahl und die erste Entscheidung, ob er teilt.

Als Dritter des Alphas der Ash-Wölfe kann ich nicht den Kopf verlieren. Besonders nicht, wenn der Zweite ein verdammter Idiot ist. Es frustriert mich, dass Dušan Mad in so einer Rolle behält, wo dies doch nicht das erste Mal ist, dass die Scheiße durch seine Beteiligung den Bach runtergeht. Nur weil er sein Stiefbruder ist, hat er die Rolle nicht verdient.

Ich balle meine Fäuste, marschiere nach draußen und schlängele mich zwischen den Häusern hindurch, bis ich den Rand der Festung erreiche, bereit zu schreien. Ich sauge die frische Luft ein und versuche, meinen rasenden Puls zu beruhigen.

Mein Kopf dröhnt, während sich mein Herz nach Meira sehnt.

Ein guter Weg, um meinen Kopf geradezuhalten.

"Lucien", ruft ein Mann hinter mir.

Mit einem tiefen Seufzer drehe ich mich um und finde Chase, der mich mit einer Verbeugung begrüßt. Er ist ein Beta, der alle Festivitäten und Rudelläufe leitet. Er ist beileibe kein großer Wandler, aber seine Hingabe an das Rudel ist tadellos.

"Ist alles bereit für heute Abend?", frage ich.

"Ja. Ich wollte dir zeigen, wo wir die Strecke für die Rennen aufgebaut haben. Wollte sicherstellen, dass du sie genehmigst."

Der Rundkurs wird für die jüngeren Wölfe benutzt, die neu gewandelt und noch nicht bereit sind, mit den Alphas durch die Wälder innerhalb der Siedlung zu rennen.

Er hat ein Herz aus Gold, und obwohl er schon Ende zwanzig ist, fehlt ihm das Selbstvertrauen, eigene Entscheidungen zu treffen. "Weißt du was? Ich werde dir vertrauen."

Er blickt mich mit Sorge in den Augen an.

Ich lache und klopfe ihm auf die Schulter. "Wie oft hast du das schon gemacht?"

"Mindestens ein Dutzend Mal", sagt er.

"Nun, dann wird dies unter deiner Anleitung das bisher beste."

Er beruhigt sich und nickt. Dann ist er verschwunden. Ich wende mich wieder dem Blick auf die Karpaten vor mir zu.

Meira weicht nicht aus meinen Gedanken. Aber ich hätte nie erwartet, dass eine Frau mich jemals so berühren würde. Nachdem ich meine Gefährtin, Cataline, verloren hatte, zerbrach ich in hunderte Stücken und schwor mir, nie wieder Liebe zu finden.

8

____

Dušan

Ich starre meinen Vierten an. "Sie mag ein Omega sein, aber es steckt mehr in ihr."

Bardhyl nickt. "Ich habe noch nie davon gehört, dass eine Wölfin so krank ist, außer bei Omegas, die Schmerzen von ihrer Hitze haben. Aber die erbrechen kein Blut."

Mein Körper reagiert definitiv auf Meiras Körper, und mein Wolf besteht darauf, dass wir sie einfordern. Ihre Anwesenheit zieht mich mit solch unwiderstehlicher Energie an.

Keiner der anderen Omegas, denen ich begegnet

bin, hat die Symptome gezeigt, die Meira während der Hitzeperiode hat - sie sieht körperlich krank aus und hat eine teigige Haut.

"Könnte sie einen Virus in sich tragen? Eine Vorstufe dazu, ein Untoter zu werden?", frage ich, und mein Bauch zieht sich zusammen bei dem Gedanken, dass ich sie loswerden muss, wenn sie es ist.

Bardhyl denkt einen Moment darüber nach. Er kommt aus Dänemark und sieht seinen Wikinger-vorfahren zum Verwechseln ähnlich ... sandfarbenes blondes Haar, das ihm locker über die Schultern fällt. Er ist im Herzen ein Krieger und sieht auch so aus, überragt die meisten. Er ist kämpferisch und schreckt vor keinem Kampf zurück, was einer der Gründe ist, warum er in meinem Team ist.

"Das bezweifle ich", antwortet er. "Sonst würdest du nach der Zeit, die du mit ihr verbracht hast, Anze-ichen dafür zeigen, dass du krank bist, und ich habe noch nie gesehen, dass eine untote Infektion so lange braucht, um einen neuen Wirt zu übernehmen."

"Ich schätze, du hast recht", sage ich. Wir gehen beide außen an der Festung entlang, und ich versuche, mir einen Reim darauf zu machen, womit wir es zu tun haben. "Ich lasse mir immer wieder alle möglichen Szenarien durch den Kopf gehen. Zum

Beispiel, dass sie kein Halbblut sein kann, sonst wäre sie in ihrem Alter schon tot. Das kann es also nicht sein."

Der Wald entfernt sich von der Festung und geht bis zum Metallzaun hinunter, wo noch mehr Wölfe im Wald herumlaufen.

"Die Blutprobe, die Lucien von Meira genommen hat, ist noch in unserem Labor", erklärt er. "Uns fehlen die Technologien, um umfangreiche Tests durchzuführen, es wird also noch ein bisschen dauern."

Ein schwarzer Wolf huscht durch den Wald innerhalb des Zauns, gefolgt von vier weiteren. Während unser Rudel wächst, wird der Platz für Wandler, die Freiheit brauchen, begrenzt.

Peng. Peng.

Ich schaue zum vorderen Tor hinüber, zu den Wachen im Turm, die die herannahenden Untoten ausschalten.

"Es werden in letzter Zeit immer mehr", sagt Bardhyl. "Es ist, als würde sie etwas hierher rufen."

Ich werfe ihm einen Blick zu, weil ich denselben Gedanken hatte. Seit Wochen tauchen die Infizierten immer häufiger in unserer Umgebung auf. "Kannst du dir das genauer ansehen?"

Er nickt kurz und strafft seine Schultern. "Ich gehe da runter", sagt mein Vierter, dann stürzt er sich in einen Sprint den Hügel hinunter - während ich mich umdrehe und zurück in die Festung marschiere, um Meira einen weiteren Besuch abzustatten.

Zwei Nächte. So lange habe ich im Gästezimmer geschlafen, und jedes Mal, wenn ich in mein Schlafzimmer gehe, schläft Meira fest, also was genau ist mit dieser Höllenkatze los? Ich muss mit ihr reden, also sollte sie besser wach sein.

Es gibt keine Möglichkeit, sie in diesem Zustand zu Ander zu schicken, also habe ich es vermieden, ihn anzurufen, bis ich verstanden habe, womit ich es zu tun habe. Ein Teil von mir fragt sich, ob ich meinen Stolz herunterschlucken und Ander eine andere Frau versprechen sollte. Er wird es auf jeden Fall wissen ... Wir schicken ihm ein komplettes Datenblatt von jedem Weibchen, das wir liefern.

Ich koche bei dem Gedanken, mein Wort nicht zu halten, da das keine sehr vertrauensvolle Geschäftsbeziehung ergibt. Wir mögen von verschiedenen Rudeln und Wolfsarten sein, aber im Kern sind wir uns nicht unähnlich. Was bedeutet, dass meine Unfähigkeit zu liefern, was ich ursprünglich versprochen habe, ein Schlag gegen unsere wachsende Geschäftspartnerschaft ist. Ich kann es mir nicht leisten, dass die Wölfe des X-Clans Zweifel am Umgang mit mir haben. Alle Rudelmitglieder unter meiner Obhut sind darauf angewiesen, dass ich Medizin und Technologien liefere, um uns besser zu schützen und Nahrung zu finden.

Das morgendliche Sonnenlicht fällt durch die gewölbten Fenster der unerschütterlichen Burg, als ich durch die Gänge schreite, nur das Echo meiner Stiefel auf dem Kopfsteinpflaster hallt durch die Festung.

Ich stoße meine Schlafzimmertür auf und gehe aus reiner Gewohnheit geradeaus hinein, dann bleibe ich stehen, weil ich mich schuldig fühle, hier einfach reingeplatzt zu sein.

Meira ist über den Mülleimer gebeugt und kotzt hinein.

Ich durchquere den Raum in drei Schritten. "Meira, geht es dir gut?"

Sie wischt sich über den Mund, richtet sich auf und begegnet meinem Blick. Ihre Augen sind wässrig, als ob sie geweint hätte.

Sie strafft ihre Haltung und versucht zu lächeln, aber ich sehe den Schmerz, den sie hat. "Ich fühle mich jetzt besser", gibt sie zu.

Meine Brust zieht sich zusammen, als ich ihre Qualen sehe. Ich werde es mir nie verzeihen, wenn sie unter meiner Obhut stirbt. Ich greife nach unten und nehme ihre Hand. Sie fühlt sich klamm an. "Ich weiß genau, was du brauchst."

"Ja, was denn?", krächzt sie und gibt sich Mühe, normal zu wirken, aber ich durchschaue ihre Lüge sofort.

"Du wirst schon sehen." Ich nehme sie mit, aber nicht bevor ich einen kurzen Blick in den Mülleimer werfe und Blut sehe.

Scheiße! Sie ist wirklich krank ... nur verstehe ich nicht, *warum*.

"Danke", sagt sie und lenkt mich von meinen Gedanken ab. "Ich schätze, ich bin es einfach nicht gewohnt, in geschlossenen Räumen zu leben."

Ihre Ausrede ist fast lächerlich, aber ich lasse ihr ihren Moment. Sie hat nicht die Kraft, sich zu wehren, und wenn ich sie dränge, wird sie schimpfen. Also sage ich nichts und konzentriere mich zuerst auf ihre Heilung.

Sie geht aufrecht, aber ihr Haar ist feucht und klebt an ihrem Kopf. Dies ist nicht das Mädchen, das ich im Wald gefunden habe, sondern ein Schatten von ihr.

Es dauert nicht lange, bis wir die Bäder erreichen, die sich am Ende eines Flurs im Erdgeschoss befinden. Wir treten durch eine gewölbte Tür und vor uns liegt eine große, im Boden versenkte Badewanne, die groß genug ist, um zehn Wandler aufzunehmen. Dampf steigt von der Oberfläche auf, und Wärme begrüßt uns, als wir hineingehen. Das

Wasser kräuselt sich durch die regelmäßige Filterung. Ohne die Energie der Solarpaneele, die ich mit dem X-Clan gehandelt habe - für Dinge, wie dieses Bad konstant warm und sauber zu halten - würden wir immer noch im finsteren Mittelalter leben.

"Wow!" Meiras Augen werden größer, als sie ihre Hand von meiner losreißt und näher an den Rand des Steinbades tritt. Im hinteren Bereich befinden sich die Saunen und Toiletten, aber im Moment ist außer uns beiden niemand hier.

"Ein Bad wird dir helfen, deine Ängste abzubauen", schlage ich vor, in der Hoffnung, dass es ihr hilft, mir zu vertrauen und sich mir schließlich zu öffnen.

Sie sieht zu mir herüber, ihr Ausdruck ist herzlich, als hätte sie erwartet, dass ich sie in einen Kerker werfen würde. Selbst wenn sie krank ist und wie der Tod aussieht, ist da ein schmerzhaftes Graben in meinem Bauch, sie einzufordern. Allein ihre Anwesenheit macht mich wahnsinnig.

"Willst du mir beim Baden zusehen?" Sie wölbt eine Augenbraue.

Ich lache, weil ich nirgendwo hingehen werde. "Die Toilette und die Dusche sind im hinteren Bereich. Ich werde dir ein heißes Getränk bringen lassen."

Meira nickt und wendet sich ohne ein Wort dem Bad zu. Es gibt nur einen Weg in den Raum hinein und hinaus, also wird sie nicht entkommen, ohne vorher an mir vorbeizugehen.

Ich marschiere aus dem Bad und gehe den Flur hinunter, wo ich schließlich einen bulligen Wachmann aufspüre.

"Sag in der Küche Bescheid, sie sollen ein Tablett mit Pfefferminztee und frischen Brotscheiben zu Meira in die Bäder bringen. Sprich außerdem mit Alyna, um ein Kleid für sie zu finden, und stell sicher, dass niemand die Bäder betritt, bevor ich herauskomme, verstanden?"

"Natürlich." Er verbeugt sich und marschiert den Korridor hinunter.

Ich gehe in die entgegengesetzte Richtung und mache lange Schritte. Ich bin bereit, alles über dieses Wandler-Mädchen herauszufinden, was ich kann, und was genau ihr Geheimnis ist.

Als ich zurückkomme, steht Meira mit dem Rücken zu mir, völlig nackt, und betritt das Bad. Mein Blick gleitet über ihre Schultern, ihre schmale Taille und zu ihrem perfekt geschwungenen Hintern, bevor sie bis zum Hals ins Wasser eintaucht.

Das Bild geht direkt zu meinem Schwanz. Ich trete vor. "Warm genug?", frage ich, und in meiner Kehle bildet sich ein Kloß.

Abrupt dreht sie sich im Wasser zu mir, die Augen weit aufgerissen. Die schemenhaften Umrisse ihres Körpers zeigen sich unter der Oberfläche in Wellenform, als eine sanfte Welle über ihre Brüste schwappt.

Sie keucht. "Warum bist du hier drin?"

"Es ist ein gemeinschaftliches Bad."

Ihre Aufmerksamkeit wandert zum Türrahmen und zurück, ihre Arme legen sich über ihre Brüste. "Du willst also nur dastehen und mich beobachten?"

"Wäre es dir lieber, wenn ich mich zu dir setze?"

"Nein!" Ihre Antwort fliegt ihr über die Lippen, und ich lache laut über ihre Nervosität. Sie ahnt nicht, wie sehr mich diese Unschuld berührt.

Ich schlendere durch den Raum und spüre ihre Augen auf mir. Die Toilette ist ein winziger Raum mit zwei Toilettenkabinen, drei Duschen und ein paar Waschbecken. Ich finde ihre Kleidung auf dem Boden gestapelt, dann hole ich Seife aus dem Waschbecken und ein frisches Handtuch vom Ständer. Zurück im Zimmer drückt sie sich in die Ecke des Bades und sieht unsicher aus. Ich stelle die Seife vor ihr ab, als sie mich mit diesen spektakulären blassbronzenen Augen anschaut. Sie sucht nach etwas in mir, erwartet etwas, das ich nicht verstehe.

"Wie fühlst du dich?", frage ich.

"Das Wasser ist beruhigend. Ich fühle mich nicht mehr so krank."

"Gut", murmle ich, während ich mich auf eine Holzbank neben der Badewanne setze und ein Handtuch neben mir ablege. Ich strecke meine Füße aus, kreuze sie am Knöchel, lehne mich zurück und beobachte meine Höllenkatze. "Du solltest dich lieber waschen, sonst klettere ich da rein und wasche dich selbst."

"Das würdest du nicht wagen", zischt sie und zieht die Brauen zusammen. Verdammt, sie ist sexy, wenn sie wütend ist.

Ich wölbe eine Augenbraue und lehne mich nach vorne, die Ellbogen auf die Oberschenkel gestützt. "Ist das eine Herausforderung?"

Ihr Blick ist wie ein Dolchstoß in meine Richtung.

"Ja, das habe ich mir gedacht."

Sie schnalzt mit der Zunge, und ein verschmitzter Ausdruck gleitet über ihr Gesicht. Sie schnappt sich die Seife und taucht sie ins Wasser.

"Also lass uns reden", sage ich. "Was war denn los? Bist du verletzt, ist dir deshalb schlecht?"

Sie schüttelt den Kopf. "Nein, ich bin nicht krank. Es fällt mir nur schwer, mich zu akklimatisieren."

Deshalb hat sie Blut erbrochen? Ja, genau.

Jemand räuspert sich außerhalb des Bades, und ich schnuppere die Luft. Ein holzartiger Geruch ... die Wache. Ich springe auf und sehe, dass er vor dem Eingang wartet, mit einem Tablett voller Essen und einem mitternachtsblauen Kleid, das an seinem Arm hängt. Ich greife hinüber und reiße das Preisschild ab. Wir machen oft Ausflüge in die alten Menschenstädte, um Kleidung für unser Rudel zu finden.

"Danke", sage ich, als ich sie von ihm entgegennehme.

"Wäre das alles?" Seine Mundwinkel zucken. Er bildet sich wahrscheinlich ein, dass ich mit Meira allein sein will. Nur, dass es mir nur darum geht, Informationen zu bekommen, auch wenn mein Wolf darauf besteht, dass etwas ganz anderes vor sich geht.

Ich nicke. "Halte einfach Wache, damit niemand hereinplatzt."

"Natürlich."

Mit schnellen Schritten kehre ich zum Bad zurück, wo Meira gerade beginnt, herauszuklettern. Aber in dem Moment, in dem sie mich sieht, taucht sie wieder ein. Raffiniertes Biest.

"Das sollte helfen, deinen Magen zu beruhigen." Ich stelle das Tablett an den Rand des dampfenden Bades.

Ich setze mich und lege ihr Kleid auf das Handtuch. "Du hast mir etwas von Akklimatisierung erzählt, die dich krank macht?"

Sie starrt mich an und taucht plötzlich unter das Wasser, um sich dann wieder hochzudrücken. Ihr dunkles Haar ist zurückgestrichen, ihr Gesicht strahlt und ihre Augen sind groß. Verschwunden ist der Blick der schmerzhaften Krankheit aus ihrem Ausdruck. Die Frau vor mir ist die, die ich im Wald erwischt habe.

Sie bedient sich am Tee, nimmt die Tasse mit sich in die Mitte des Bades und nippt daran, wobei ihre Augen nicht von mir weichen.

"Ich weiß nicht, was ich dir sagen soll. Ich hatte nur ein paar schlimme Tage. Die haben wir alle."

"Nun, das ist die Sache, Meira." Ich studiere die Art, wie ihre Augenwinkel vor Sorge zucken. "Wölfe werden nicht krank", sage ich. "Wir sind nicht so gebaut, und die einzige Krankheit, die unsere Art je befallen hat, war der Virus, der durch den Biss eines Untoten übertragen wurde. Aber du..." Ich verschränke meine Arme vor der Brust. "*Du* hast eine andere Krankheit. Wie?"

Sie presst die Tasse an die Lippen und lässt sich Zeit mit dem Trinken, bevor sie die leere Tasse auf den Badewannenrand zurückstellt und in den seichteren Teil des Beckens geht. Ihre Schultern gleiten aus dem Wasser, während sie beginnt, sich mit der Seife einzuschäumen.

"Es gibt nur einen Grund, warum ein Wolf so krank sein kann", sage ich.

Ihr Blick gleitet zu mir herüber, Grimmigkeit flackert hinter ihren Augen auf. "Ich weiß nicht, was ich dir sagen soll. Vielleicht interpretierst du da zu viel hinein. Meine Eltern waren beide Wölfe."

Sie schiebt sich weiter nach oben, wo das Wasser bis zu ihrer Taille reicht, und entblößt ihre Brüste ... die perfekt runden und kecken Kugeln, an deren Spitze eine dunkelkirschrote Brustwarze sitzt.

Meine Gedanken lösen sich bei diesem Anblick auf. Berauschend. Fickbar. Gefährlich.

Sie ist perfekt, und diese Schönheit wird mich bis in alle Ewigkeit heimsuchen. Das hätte ich nie von ihr erwartet. Diese perfekten vollen Brüste machen mich wild.

Ich durchschaue, was sie vorhat, aber ich kann meine Gedanken nicht davon abhalten, ihr zum Opfer zu fallen. Mein Wolf drängt nach vorne, er will sie erobern. Der Funke in mir flammt auf und füllt die Leere, mit der ich so viele Jahre gelebt habe. Ich habe mit Dutzenden von Frauen geschlafen, aber keine hat mich auf diese Weise berührt. Keine hat meinen Wolf in solch einem Zustand rücksichtsloser Lust versetzt.

Wenn ich sie ansehe, will ich alles. Jede Berührung, jeden Geschmack, jedes Verlangen. Meinen Schwanz tief in ihr zu haben, sie vor Lust schreien zu lassen, dass sie mein ist.

Ein Knurren entbrennt in mir, als sie die Seife anhebt und ihre Arme und Brust einschäumt.

Ich kann nicht wegschauen. Mein Schwanz stößt

gegen meine Hose, mein Atem stockt. Ich hätte nicht erwartet, dass sie so hinterhältig ist. Sie überrascht mich.

Ihre Hände gleiten langsam und bedächtig an und über ihre Brüste. Sie wackeln bei jeder Bewegung und hypnotisieren mich. Ihre Brüste hüpfen, die weichen Spitzen verhärten sich beim Einseifen.

Fick mich! Sie reizt mich, gibt einen kleinen stöhnenden Laut von sich, der direkt zu meinem Schwanz geht. Ich kann nicht atmen, als wilde Erregung mich durchfährt.

"Worüber haben wir noch mal gesprochen?", murmelt sie, als hätte sie es vergessen.

Sie ist hinterhältig und manipulativ. Aber das muss sie sein, um in dieser Welt zu überleben, und ich genieße es, dass sie versucht, mich abzulenken. Meine Gedanken rasen mit mir davon, während ich mir vorstelle, wie ich mich in sie drücke und sie ausfülle.

Ihre Finger tanzen unter ihren Brüsten und über ihre schmale Taille, bevor sie tiefer unter das Wasser tauchen. Ich balle meine Hände und grabe stumpfe Fingernägel in meine Handflächen, um mich davon abzuhalten, mich nach vorne zu stürzen und zu nehmen, wonach ich mich sehne. Ihre Augen glitzern schelmisch, als sie sie mir entgegenstreckt. Ich versuche, ruhig zu bleiben, mich zurückzuhalten, aber es wird immer schwieriger.

"Wölfin", knurre ich. "Du spielst in gefährlichen Gewässern."

Sie grinst und bespritzt mich, bevor sie ganz unter die Wasseroberfläche taucht.

Ein Knurren entweicht abrupt meinen Lippen.

Bevor ich mich stoppen kann, bin ich auf den Beinen, stehe am Rand der Badewanne und fühle mich zu ihr hingezogen. Brauche sie.

Sie springt aus dem Wasser, schüttelt sich das Wasser vom Gesicht, Seifenblasen rinnen an ihrem wunderschönen Körper herunter.

Als sie mich so nah sieht, blinzelt sie schnell und schiebt sich rückwärts durch die Wanne. Panik flackert über ihr Gesicht, und mein Puls rast bei der Verfolgung.

Dunkelheit breitet sich über meinen Verstand aus.

Verlangen schießt in meinen Bauch. Welchen Zauber hat sie auf mich gelegt? Sie starrt mich ängstlich an ... eine Angst, die meine Eier straffer werden lässt, weil sie Erlösung wollen.

Meine Muskeln spannen sich an, ich sehe, wie sie durch das Bad watet und hinauseilt. Ihr Blick streift durch den Raum, dann sieht sie das Handtuch auf der Bank, näher bei ihr.

Sie wendet sich ihm zu, und ich genieße den Anblick ihres heißen Körpers. Das sachte Wippen ihrer Brüste bei jedem Schritt, der straffe Bauch, das schwarze Haar zwischen ihren Beinen.

Wasser tropft an ihrem Körper herunter. Ich will ihre gespreizten Beine, will sie schmecken, lecken, meine Zähne in ihr versenken und mir nehmen, was mir gehört.

Sie bewegt sich schnell, aber ich bin schneller, in einer Sekunde bin ich an ihrer Seite.

Sie keucht und weicht zurück.

Ich drücke meine Hände an die Steinwand an ihrem Rücken und halte sie dort gefangen. Ich atme ihr Verlangen ein, noch immer kann ich ihren Duft nicht einordnen. Aber das ist meinem Wolf egal, der in meiner Brust grollt. Ich schaue auf ihren nackten Körper hinunter, mein Schwanz drückt gegen meine Hose. Ich stöhne leise auf, als ich sehe, wie sie mich anstarrt, und es fällt mir immer schwerer, mich zurückzuhalten.

Sie ist spektakulär.

"Du machst mich wahnsinnig vor Verlangen", knurre ich. "Mein Wolf schmachtet nach dir, aber in dir steckt noch so viel mehr, nicht wahr?" Ich versuche, den Nebel aus meinem Kopf zu schütteln, um klar zu denken. "Alles, woran ich denken kann, ist, dich zu ficken, bis du meinen Namen schreist."

"Du w-willst mich markieren?", flüstert sie, ihre Worte sind zittrig.

· · ·

Meira

Er tritt zurück und wendet sich von mir ab, lässt mich atemlos zurück. Seine Worte und Taten berühren mich mehr, als ich es zulassen sollte. Noch nie hat ein Mann auf diese Weise mit mir gesprochen. Dennoch weiche ich nicht zurück, sondern zittere stattdessen vor Angst ... vor Verlangen. Meine Wölfin wimmert in mir und will Dušan alles geben, was wir haben. Nur ist er zu nah an der Wahrheit ...

Kein Wolf will einen unreinen Wandler.

Ich werde eher sterben, bevor ich einem Alpha oder einem anderen Männchen nachgebe, das mich nur als Sklavin haben will.

"Zieh dich an", befiehlt er mit dem Rücken zu mir.

Mein Herz stolpert vor Angst und meine Wangen erröten, als ich nach dem blauen Kleid auf der Bank greife und es mir über den Kopf ziehe. Es schnürt sich um meine Taille und sitzt straff über meiner Brust. Es hat lange, fließende Ärmel und einen Rock, der um meine Knie tanzt.

"Was willst du von mir?", knurre ich. "Ich will nicht hier sein. Sag mir, wie *du* dich fühlen würdest, wenn man dich aus deinem Leben reißt und dich zwingt, ein Sklave zu sein?"

Er dreht sich schnell zu mir um, seine Augen verengen sich. "Glaubst du, dass es das ist? In einer sicheren Siedlung zu sein, ist Sklaverei? Dann war ich ein Narr, als ich dachte, ich würde dir helfen."

Mir fällt die Kinnlade runter. "Du hast vor, mich an ein anderes Rudel zu verkaufen, also wie soll das helfen?"

Sein Atem wird heftiger, aber ich werde vor diesem Alpha nicht zurückweichen. Er holt aus, packt mein Kinn und zwingt meinen Kopf nach hinten. "Du weißt nicht, wie es sich wirklich anfühlt, ein Gefangener zu sein. Ich bin mit einem Stiefvater aufgewachsen, der furchterregender war als die Untoten da draußen. Der jedes Weibchen in seinem Rudel gefickt hat und alle um ihn herum wie Müll behandelt hat. Der seine eigenen Leute tötete, weil sie seine Regeln nicht befolgten. Was ich biete, ist ein längeres Leben, ob in meinem Rudel oder einem anderen Rudel, von dem ich weiß, dass es die Weibchen gut behandelt." Er schluckt hart und lässt mich los. Ein Knurren entringt sich seinem Mund, als er sich abrupt von mir abwendet.

Ich stolpere rückwärts, mein Herz ist von seinen Worten gefesselt.

"Was glaubst du, wie lange hättest du es da draußen allein mit den abtrünnigen Wölfen ausgehalten, sobald sie deine Fährte aufgenommen hätten?", fragt er.

"Ich habe es ziemlich lange gut genug ausgehalten", spucke ich zurück.

"Willst du wissen, was ich denke?" Er packt mich am Arm und zerrt mich zur Tür. "Ich glaube, du hast Angst davor, in einem Rudel zu leben. Angst, weil du ein *Mischling* bist."

Mein Herz beginnt zu klopfen, und ich stolpere neben ihm her, während mir die Worte stocken.

"Deshalb bist du krank. Deine menschliche Seite ist krank." Er wirbelt mich an den Schultern herum und zieht mich an seine Brust. "Weißt du, was deine Krankheit mir noch verrät? Du hast deine erste Verwandlung noch nicht hinter dir, nicht wahr? Sonst hättest du dich schon längst verwandelt und wärst von deiner Wolfsseite geheilt."

Ich schlucke schmerzhaft und sehe zu ihm auf, als mir das Herz in die Hose rutscht, dass er die Wahrheit aufgedeckt hat. Mein Vater war ein Mensch, und er lernte Mama kennen, als er sie im Wald aus einer Bärenfalle rettete. Er kümmerte sich um sie, bis sie bei Bewusstsein genug war, um sich zu verwandeln und zu heilen. Mama erzählte mir oft, dass es eine romantische Geschichte war ... das war, bevor er uns verließ.

Ich hebe mein Kinn zu Dušan, wohl wissend, dass er noch nicht alles über mich weiß, aber es reicht, um in meinem Kopf die Alarmglocken läuten zu lassen. Es sagt mir, dass er schlau genug ist, um auf alles zu achten, was ich tue. Und das bedeutet, dass ich in Schwierigkeiten stecke, wenn ich noch länger in dieser Siedlung bleibe. Was wird er tun, wenn er herausfindet, warum die Untoten mich nicht angreifen? Es gibt keine Möglichkeit, dass er es herausfindet, denn ich werde nicht zum Laborexperiment von irgendjemandem.

"Was wirst du mit mir machen?", frage ich.

"Das liegt ganz bei dir." Er wendet den Kopf zur Seite und schaut mich scharf an.

Ich blinzle ihn verwirrt an.

"Du kannst so bleiben, wie du bist, und immer kränker werden, bis du stirbst. Oder ich kann dir helfen, einen Weg zu finden, deine Wölfin mit einer Zwangspaarung herauszulocken." Sein Blick wird weicher. Er sieht mich an, als ob er Mitleid mit mir hätte.

Zwangspaarung. Die Luft strömt mir aus den Lungen. Nachdem ein Männchen ein Weibchen markiert hat, ist sie für immer unter seinem Kommando. Ihre Wölfin wird ihm gehorchen, und sie gehört ihm. Mama hat mir erzählt, dass Männchen ein Weibchen mit einem Biss markieren können, der sie an ihn bindet, auch wenn sie nicht gepaart sind. Das ist es, was viele Alphas tun, sich einen Harem durch eine Zwangspaarung schaffen.

Also ist es das, was Dušan will? Mich als seine Sexsklavin halten? Ich kann nicht - *ich will nicht*. Ich liebe meine Freiheit zu sehr, um irgendjemandes Besitz zu sein. Ich versteife mich. Nur über meine Leiche.

"Ich komme schon allein zurecht", erkläre ich, während ich mein Kinn hochhebe, mein Verstand stottert und Panik klammert sich an meine Brust. "Meine Wölfin wird bald herauskommen. Ich kann spüren, wie sie drängt, und ich brauche deine Hilfe nicht."

"Mischlinge überleben Verwandlungen nicht allein", erklärt er, seine Wut zähmend. "Vielleicht brauchst du etwas Zeit allein, um über deine nächsten Schritte nachzudenken. Du musst damit nicht alleine sein."

Ich bin verloren, seine Worte überschlagen sich in meinem Kopf. Die Wut über seine Hartnäckigkeit ist wie ein Hieb in den Magen, und meine Worte kommen herausgeflogen. "Es gibt einen Grund, warum sie nicht überleben. Was in Mischlingen steckt, sind Monster, keine perfekten Wölfe wie du." Das ist es, was ich von Wandlern in anderen Siedlungen gehört habe.

Er greift nach meiner Hand. "Das ist nicht ..."

"Nicht", schreie ich auf. "Ich brauche dein Mitgefühl oder Mitleid nicht. Ich habe jahrelang mit dem gelebt, was ich bin."

Die Steinmauern scheinen sich immer enger um mich herum zusammenzuziehen. Ich kann meine Nerven nicht beruhigen, während ich sein Gesicht studiere. Dunkelheit sammelt sich in seinen Augen und er sagt nichts.

Weil er weiß, dass das, was ich sage, die Wahrheit ist.

9

———

Meira

Ich stolpere in ein leeres Zimmer, die Tür schließt sich hinter mir mit einem Krachen, gefolgt vom Klicken des Schlosses.

"Fick dich, Dušan!", schreie ich, als ich mich in dem leeren Raum herumdrehe. Draußen verklingen Schritte.

"Hurensohn!", schreie ich.

Vier weiße Wände, eine kleine Lampe, kein Fenster. Mein Herz klopft wild, und ich ertrinke in so vielen Emotionen. Angst und Unbehagen wachsen in mir.

Er weiß es. Er weiß verdammt noch mal, dass ich

ein Halbblut bin. Halb-Wolf, Halb-Mensch. Wenn meine Art sich nicht verwandelt, sobald wir in die Pubertät kommen, so wie ich, verändert sich das Tier in uns und wird zu einem rücksichtslosen Monster.

Alte Gefühle flammen in mir auf, zerreißen mein Herz. Ich war glücklich damit, mich zu verstecken, jeden glauben zu lassen, ich sei eine Omega, eine Beta, was auch immer sie sich einreden ... alles, nur nicht die Wahrheit.

Ich zittere, hasse das Mitleid, das Dušan mir entgegenbrachte, als er herausfand, was ich war ... ich brauche niemandes Mitleid, schon gar nicht das dieses Alphas.

Mein menschlicher Vater verließ uns, weil ich nicht gut genug war.

Dušan will mir jetzt eine Paarung aufzwingen, weil ich nicht genug bin, so wie ich bin. Die Vorstellung macht mir angst. Was, wenn meine Wölfin zum Vorschein kommt? Werde ich dann sterben? Wird sie alle um sich herum töten? Wenn ich wie durch ein Wunder überlebe und andere Wandler sie ermorden, dann bin ich auch weg.

Das ist der Grund, warum ich so lange im Wald geblieben bin, immer allein.

Kein Wolf wird einen Mischling als wahre Gefährtin akzeptieren. Ich bin nichts weiter als eine Ausgestoßene und schwach.

Ich hasse die Welt und verabscheue mich selbst.

Ich fühle mich verzweifelt, so verzweifelt wie schon lange nicht mehr.

Ich will mich nicht benutzt fühlen. Es ist schon schwer genug, mit dem zu leben, was ich bin, ganz zu schweigen davon, dass andere mich dafür misshandeln.

Tränen benetzen meine Wangen. Ich kann mich nicht erinnern, dass ich angefangen habe zu weinen, aber sie fallen wie die Scherben meines Lebens.

Ich drücke meine Augen zu und schlinge meine Arme fest um mich. In meinen Gedanken sehe ich Mama, als ich jünger war und wir gerade in eine neue Siedlung gezogen waren, ihr Gesicht zu einem wütenden Stirnrunzeln verzogen. Ich hatte vergessen, den Riegel des Schuppens zu schließen, und die Hühner kamen heraus. Sie rannten aus der Siedlung in den Wald, in dem es von Untoten wimmelte.

Ich brenne ihr Gesicht auf die Rückseite meiner Augenlider. Es ist schon so lange her, dass ich von ihr geträumt oder sie in meinen Gedanken gesehen habe. Oft liege ich stundenlang in meinem Baumhaus und versuche, mir ihr Gesicht vorzustellen, um mich daran zu erinnern, auf welcher Seite sie ihr Haar gescheitelt hatte. Aber diese kleinen Dinge verblassen mit der Zeit.

Mein Herz stolpert wie ein Untoter. Ich vermisse sie furchtbar. Sie wüsste, was ich jetzt tun sollte.

So lange habe ich die Welt verachtet. Aber was sollte ich dann tun? In Tränen zerfließen?

"Beruhige dich", schimpfe ich mit mir selbst. Es ist nicht so, dass ich kontrollieren kann, wie ich geboren wurde, aber was ich kontrollieren kann, ist, was ich aus meinem Leben mache.

Wenn ich Glück habe, werde ich aus dieser Siedlung rausgeworfen, aber ich habe vor langer Zeit gelernt, dass das Festhalten an der Hoffnung, dass die Dinge so laufen, wie ich es will, der schnellste Weg ist, mich umzubringen.

Ich schaue auf die Tür und weiß genau, was ich tun muss.

Fliehen.

Meine Krankheit ist für den Moment gezähmt, also ist es an der Zeit, zu gehen. Ich wische mir über die Augen, richte mich auf und blinzle dann zu der Lampe, die in der Ecke steht und Licht in den Raum wirft.

Ich inspiziere die Lampe aus der Nähe, bevor ich zwei der Metallhalterungen, die die Glühbirne halten, abknicke. Sie fühlen sich heiß an, aber das spüre ich kaum, weil mein ganzer Körper von Adrenalin durchflutet ist.

Vor der Tür beuge ich mich vor und klemme die dünnen Metallstangen in das Schlüsselloch, drehe sie nach links und rechts. Jaine hat mir beigebracht, wie man Schlösser knackt, und gesagt: "*Das wird dir eines Tages das Leben retten.*"

Ein metallisches Klicken ertönt, und ich grinse vor mich hin, als ich die beiden Stifte in meine Tasche stecke und dann die Tür aufziehe. Schnell schaue ich nach draußen. Es ist niemand in Sicht.

Ich schlüpfe hinaus und laufe den Korridor entlang, wobei ich mich daran erinnere, dass ich auf diesem Weg einen gewölbten Durchgang zur Freiheit passiert habe. Die Wände sind kahl. Kein einziges Gemälde, keine Dekoration, kein Teppich schmücken den Ort. Das Schloss fühlt sich kalt an und überhaupt nicht wie ein Zuhause.

Ein Schauer läuft mir über den Rücken. Ich werfe einen Blick über meine Schulter. Keiner folgt mir, also gehe ich schneller.

Sonnenlicht besprenkelt den Gang vor mir und mein Herz schlägt höher. Ich klettere die Steinstufen hoch, zwei auf einmal, und wende mich nach rechts, folge dem Licht und durchquere den gewölbten Gang. Zuerst blinzle ich, um mich an die Helligkeit zu gewöhnen. Ich befinde mich auf einem überdimensionalen Balkon mit einem gehauenen Steingeländer, mindestens drei Stockwerke über dem Boden. Unten dehnt sich das Festungsgelände aus - der Hof, durch den wir bei meiner Ankunft gegangen sind, die Einfahrt und die Metalltore. Der

Metallzaun, der dieses Gebiet umgibt, zeigt, wie riesig diese Siedlung ist.

Etwas kribbelt in meiner Brust, ein Gefühl, das ich seit der letzten Siedlung, in der ich mit Mama gelebt habe, nicht mehr gespürt habe. Wo alles sicher und gemütlich war. Bis es das nicht mehr war.

Aber hier ist die Siedlung riesig. Wie kann Dušan all diese Wölfe kontrollieren? Woher bekommt er die Mittel, sie zu ernähren und zu beschützen? Nach der Anzahl der Häuser unten zu urteilen, müssen hier an die zweihundert Wölfe leben, vielleicht sogar mehr. Der Stich in meinem Herzen sitzt noch tiefer, aus dem einfachen Grund, dass dies unter allen anderen Umständen ein perfektes Zuhause für mich sein könnte. Abgesehen von dem kleinen Problem, dass ich ein Mischling bin, was mich in seiner Wolfshierarchie ganz unten ansiedelt und in ihren Augen zu einem Monster macht.

Ich muss von hier verschwinden. Ich drehe mich um und stelle fest, dass der Balkon, auf dem ich stehe, sich auf beiden Seiten des Schlosses nach außen wölbt.

Stimmen kommen aus dem Inneren des Gebäudes, und mein Herz klopft in meinen Ohren. Ich warte nicht und renne nach links, wo der Balkon außer Sichtweite verschwindet.

Jemand wird mich sehen!

Ich renne und atme schwer, während ich mich

anstrenge. Jedes Mal, wenn ich an einem Fenster vorbeikomme, ducke ich mich, um nicht gesehen zu werden. Ich bleibe nicht stehen, eile weiter und bete, dass ich einen Weg nach unten finde, der nicht bedeutet, wieder ins Haus zu gehen.

Das Schloss ist riesig und mir geht die Puste aus, als ich das andere Ende erreiche. Ich halte einen Moment inne und atme tief ein, als ich etwas weiter weg eine Metalltreppe entdecke. Ein verzweifeltes Keuchen entweicht meinen Lippen.

"Jemand beobachtet dich", zischt mir ein männlicher Fremder ins Ohr.

Vor lauter Schreck fahre ich fast aus meiner Haut. Ich zucke herum, die Arme vor der Brust verschränkt. "Verdammt!"

"Buh!"

Mein ganzer Körper erstarrt bei dem Wandler vor mir. Blassblondes Haar flattert über seine starken, breiten Schultern. Er hat blasse Haut und seine Augen sind von einem lebhaften Grün, als wäre er eins mit dem Wald. Der Rest von ihm erinnert an einen Wikingergott. Gebaut wie ein Bär, überragt er mich, bekleidet mit Jeans und einem langärmeligen schwarzen T-Shirt. Mir werden die Knie weich, und allein seine Anwesenheit macht mich völlig sprachlos. Seine Nähe verwandelt meine Reaktion in einen Schwall von Hitze.

Ich zucke zurück, Panik ergreift mich.

Er ergreift meinen Arm und zieht mich zu sich heran, wobei meine Füße durch seine Schnelligkeit fast unter mir schweben. Seine Augen verdunkeln sich mit der Intensität eines Alphas, und das Gefühl dieser Macht durchströmt mich.

Von Angesicht zu Angesicht streift sein Atem über meine Stirn, und ich atme seinen Wolfsgeruch ein, der sich mit der frischen Bergluft vermischt. Mein klopfendes Herz lässt mich atemlos zurück.

Ich klammere mich an meinen Mut, schiebe mich auf die Zehenspitzen, lehne mich näher und küsse ihn direkt auf die Lippen.

Er zuckt zurück, damit hat er nicht gerechnet. Ich lande einen schnellen Tritt gegen sein Schienbein und reiße mich dann aus seinem Griff.

Er stöhnt, aber ich fliege schon die Metalltreppe hinunter, meine Hände rutschen über das Geländer, meine Füße laufen so schnell hinunter, dass ich ständig den Halt verliere.

"Beweg deinen Arsch wieder hier hoch!", befiehlt er.

Mein Herz rast. Ich hüpfe auf den Treppenabsatz hinunter.

Hinter mir ertönt ein dumpfer Schlag, der Boden zittert.

Ich drehe mich um, und da ist er, greift nach mir.

"Lass mich in Ruhe!" Ich schlage meinen Arm

hoch, um seinen abzublocken, und drehe mich dann aus seinem Griff heraus.

Er stürmt hinter mir her, und große Arme legen sich um meine Mitte und heben mich vom Boden auf. Plötzlich schlagen meine Beine in der Luft umher, während er mich unter seinen Arm geklemmt hat.

Irritation durchströmt meine Haut.

"Wo rennst du hin?"

Meine Gedanken rasen. Vielleicht weiß er nicht, wer ich bin, so dass ich ihn austricksen kann, mich gehen zu lassen.

"Lass mich runter. Ich bin auf dem Weg nach Hause und du hast mich erschreckt."

"In welchem Quadranten lebst du?", knurrt er, wobei ein Hauch von nordeuropäischem Akzent durchkommt.

Ich seufze laut genug für den Effekt. "Warum quetschst du mich aus? Ist dieser Ort nicht unser Zufluchtsort?"

Er gluckst. "Warum kommst du nicht mit mir? Ich kann dir helfen", sagt er tonlos.

Er stellt mich auf die Füße und lässt seinen Blick von mir zu dem Weg um das Erdgeschoss des Schlosses schweifen, wo sich die Häuser befinden. Sein Gesichtsausdruck ist neutral, während mein Magen vor nervösen Schmetterlingen explodiert.

Ich habe einen Fehler gemacht - dieser

hinreißende Wikinger weiß definitiv, wer ich bin. Ich sehe es in seinen Augen, an dem leichten Zucken in seinem Kiefer, wenn er mich anstarrt. Er ist kurz davor, mich zu Dušan zurückzubringen.

"Wie heißt du?", verlange ich zu wissen und hebe mein Kinn, um selbstsicher zu erscheinen.

Er fährt sich mit der Hand durch die Haare und verengt die Augen, als ob er meine Gedanken durchschaut. "Ich bin Bardhyl."

Mein Blick wandert automatisch zu seinem mächtigen Bizeps, zu der Art, wie sich der Stoff bei der kleinsten Bewegung straff über seine starke Brust zieht. Mein Herz flattert bei diesem Anblick.

Ich schüttle gedanklich den Kopf - aber meine Wölfin ist in meiner Brust und drängt darauf, näher zu kommen. Genau das, was ich brauche! Sie verhält sich ganz schüchtern und lüstern, während sie noch in mir lebt, aber wie wird sie sein, wenn sie herauskommt?

Je länger ich diesen Wandler ansehe, desto mehr fällt mir auf, wie gut er aussieht. Mein Körper schreit förmlich nach ihm. Meine Augen tun das auch. Genau wie meine Wölfin. Aber er ist nur ein weiterer Lakai des Alphas.

Ich suche in den Tiefen seiner Augen nach Sympathie. Als er mich an der Hand zu den Häusern zieht, beiße ich mir auf die Wange, um meine Wut zu zügeln.

"Wo bringst du mich hin?" Ich versuche, meine sanfteste Stimme zu benutzen, in der Hoffnung, dass er sich entscheidet, mich freizulassen.

Das Lächeln, das er mir schenkt, bringt mich auf der Stelle zum Schmelzen. Seine Augen scheinen im Sonnenlicht zu glitzern. Mit seiner starken Nase und Kieferpartie ist er fesselnd. Aber er sagt nichts.

Als wir den Innenhof mit den Häusern zu beiden Seiten erreichen, brennt die Sonne schwer auf unseren Rücken. Um uns herum plaudern die Wandler, gehen umher und tun, was immer sie tun. Aber die Panik drückt mir das Herz zusammen.

Ich stolpere über einen unebenen Pflasterstein, und er fängt meinen Arm auf. "Bitte sag mir, wo du mich hinbringst. Ich will zurück in mein Zuhause. Meine Eltern werden nach mir suchen."

Er hält vor mir inne, stark und sexy – gefährlich. Er hebt eine Augenbraue und lehnt sich wieder dicht an mich heran, sodass mir der Atem stockt. Ich sollte seine Nähe nicht an mich heranlassen, aber das Bild, wie er auf mir liegt, macht mich an. "Ich bewundere, wie du versuchst, mich zu belügen."

Sein Griff lässt nicht nach, und plötzlich fliegen wir über das Kopfsteinpflaster.

"Lügen?" Ich schnaufe und kämpfe darum, meine Hand aus seinem eisernen Griff zu reißen. Die Art, wie er mich ansieht, hat fast etwas Intimes, als ob er mich von den Füßen reißen und in den Wald tragen möchte. Ich schlucke, nicht ganz abgeneigt von der Idee ... Moment! Was denke ich da? Natürlich will ich das nicht.

Er dreht sich um und zerrt mich über den offenen Hof. Ich stolpere hinter ihm her, als wir zwischen zwei Häusern nach links schwenken, dann wieder nach links und dann nach rechts, kleine Steinhäuser um uns herum. Aus den Häusern dringen Kinderstimmen und -geschrei, und es duftet nach kochendem Essen.

In Sekundenschnelle hat er mich mit dem Rücken an die Eingangstür eines kleineren Hauses gepresst, sein Körper hält mich fest. "Ich bin ein fairer Mann, und ich schulde dir einen Kuss zurück." Er lächelt wie ein Verrückter, bevor er mich sanft küsst, mich neckt.

Ich sollte ihn zurückstoßen oder mein Knie in seine Leistengegend rammen. Stattdessen verliere ich mich in seiner Zärtlichkeit, und vergesse alles um mich herum.

Meine Hände umklammern verzweifelt sein T-Shirt, und ich stelle mich auf die Zehenspitzen, um seine Zunge in meinen Mund zu nehmen. Himmel, er fühlt sich unglaublich an, schmeckt so köstlich und männlich. Mein Kopf schreit, dass es falsch ist und dass ich diesen Fremden wegstoßen sollte, aber meine Wölfin drängt meinen Körper dazu, ihn zu schmecken.

Ich stöhne gegen ihn, während sich mein ganzer Körper anspannt. Seine Lippen gleiten über meine Wange und zu meinem Hals direkt unter meinem Ohrläppchen. Seine Zunge streift über das zarte Fleisch. Ich erzittere unter ihm. Ich stelle mir schmutzige Bilder vor, wie sich sein Mund auf meinem ganzen Körper anfühlen würde.

"Ich hasse es, dass ich aufhören muss", flüstert er.

Die Tür hinter mir öffnet sich plötzlich, und ich falle rückwärts in einen dunklen Raum. Ich schreie auf und greife nach ihm, aber ich lande auf meinem Hintern, während er in der Tür steht und auf mich herabgrinst. Er packt die Tür und macht sie zu, dann ist er weg.

"Was zum Teufel?!"

Es dauert nicht lange, bis der schwache Duft von blumigem Parfüm meine Nase kitzelt.

Ich erstarre.

Ich bin hier nicht allein.

10

Dušan

Meira ist ein Mischling. Verdammt! Ich kann sie jetzt auf keinen Fall zu Ander schicken, also war der Versuch, mein Wort zu halten, eine verdammte Zeitverschwendung. Er wird sie nicht akzeptieren ... kaum jemand wird das. Sie ist eine Belastung, wenn ihre Wölfin beschließt, herauszukommen. Sie wird aus ihrem Körper reißen und sie töten, und die Bestie, die zurückbleibt, wird ein wildes Monster sein, das jeden in Sichtweite töten wird.

Das ist der Grund, warum andere Rudel

Mischlinge töten, die sich nicht verwandelt haben, sobald sie in die Pubertät kommen.

Mein Wolf knurrt in meiner Brust, drängt, sehnt sich nach Meira. Und ich wollte nicht sehen, wie mir die Wahrheit ins Gesicht schlug, wollte nicht zugeben, dass das Schicksal mir endlich einen Besuch abgestattet hat.

Ihre Wölfin hat sich mit meinem verbunden. Die Vorstufe zur Paarung fürs Leben. Jetzt spüre ich das Bedürfnis in meinen Knochen, in der Art, wie mein Wolf in ihrer Gegenwart summt, wie mein Körper bei dem bloßen Gedanken an sie erwacht. Im Bad konnte ich mich gerade noch zurückhalten, sie zu beanspruchen. Ich hatte gehofft, dass es nicht mehr als Lust war, denn das wachsende Verlangen in mir wird bald unstillbar für mich werden. Aber sie stellt eine große Gefahr für mein Rudel dar. Ich werde dafür sorgen müssen, dass sie immer bei einem Alpha ist, wenn sie nicht in ihrem Zimmer eingesperrt ist.

Ich wische mir mit einer Hand über das Gesicht. Wie soll das überhaupt funktionieren? Ein Alpha mit einem schwachen Mischling, der eine Zeitbombe ist, die darauf wartet, hochzugehen? Ich habe meinem Rudel Sicherheit versprochen. Warum also hat mich das Schicksal auf diese Weise mit Meira zusammengebracht?

Ich gehe in meinem Büro auf und ab, Wut brennt durch mich hindurch.

"Du wirst es nie zu etwas bringen. Keiner wird sich mit dir paaren."

Die Worte meines Stiefvaters schießen mir durch den Kopf. Mit ihnen kommt die Wut, und ich balle meine Fäuste. Ich habe mir geschworen, etwas für mein Rudel zu bewirken, nicht zu einer Last zu werden, wie es mein Stiefvater für seines war.

Die Erinnerungen überrollen mich und lassen mir keine Chance, sie beiseitezuschieben.

"Nicht", schreie ich und stürze mich auf meinen Stiefvater, der wieder nach meiner Mutter schlägt. Sie liegt auf dem Boden, blutend und verletzt, und schnappt nach Luft. Ihre Augen wenden sich mir zu, als sie "Lauf" murmelt.

Sie leiden zu sehen, erregt ihn. Ich sehe es in seinen dunklen Augen. "Ich habe dich gewarnt."

Ich stürze mich auf meinen Stiefvater, einen stämmigen Wandler, aber selbst mein dünner zehnjähriger Körper bringt ihn noch ins Straucheln. Wut ergreift mich, und ich lasse sie mit allem, was ich habe, an ihm aus - Schläge, Tritte, Zähne. Meine Wut brodelt bis zum Siedepunkt.

Er schiebt eine Hand hinter mich, packt mich am Kragen und schleudert mich durch den Raum, als würde ich nichts wiegen. Ich knalle gegen die Wand und rutsche daran herab, ringe nach Luft. Ich wische mir die nutzlosen Tränen weg ...

"Das ist deine Schuld", knurrt er und starrt meine Mutter an. "Du hast ihn schwach und nutzlos gemacht."

Seine Hand hebt sich wieder, zu einer Faust geballt, während er sich über meine Mutter beugt.

"Rühr sie nicht an", schreie ich und rapple mich auf, aber es ist zu spät.

Alles ist zu spät.

Meine Welt stirbt in diesem Moment, wird unter mir weggerissen, und ich weiß, dass nichts mehr so sein wird wie vorher.

Die Schläge fangen wieder an und hören nicht mehr auf. Die dumpfen Hiebe verwandeln sich bald in feuchtes Klatschen.

Der Raum taumelt. Mein Magen krampft, und ich renne aus dem Zimmer, während ich alles, was in meinem Magen ist, herausschleudere.

Noch heute spüre ich die Leere in mir, meine Muskeln sind so angespannt, dass sie reißen könnten. Meine Kehle schnürt sich zu bei der Erinnerung, die ich so sehr versucht habe, zu verdrängen. Die Bilder vom Blut, das über das Kopfsteinpflaster sickerte, zu vergessen. So will ich mich nicht an meine Mutter erinnern, zerschlagen und blutend auf dem Boden. Ich will mich an sie als die fürsorgliche Frau erinnern, die mich liebte, die mich versteckte, die mich beschützte.

So kaputt wie Meira ist, so unberechenbar wie ihre Wölfin ist, ich kann sie nicht wegstoßen.

Ob sie es akzeptiert oder nicht, sie steckt in Schwierigkeiten, und ich werde ihr helfen.

Ich versuche, einen klaren Kopf zu bekommen und zu überlegen, was ich als Nächstes tun soll. Um das Gefühl der Leere zu verdrängen.

Das ist der Grund, warum ich in die Rolle des Alphas aufgestiegen bin. Die Wandler wenden sich jetzt an mich, wenn sie ein Problem haben, wenn sie Hilfe brauchen.

Ein Heulen kommt von irgendwo da draußen aus dem Wald. Der Wolfslauf findet heute Nacht statt - bei Vollmond, wenn wir alle am wildesten sind. Dann können selbst meine Regeln die Wölfe in meinem Rudel nicht zähmen. Dies ist eine Nacht der Rücksichtslosigkeit, des Loslassens und Eins-Seins mit unserer wahren Natur.

Und es ist der perfekte Zeitpunkt, um zu sehen, wie sehr ihre Wölfin sie kontrolliert.

Ich kann nicht aufhören, das erbrochene Blut im Mülleimer zu sehen. So viel davon, und jeder Mensch mit dieser Krankheit hätte nicht mehr viele Tage zu leben. Ich vermute, ihre Wolfsseite hat sie am Leben gehalten, aber wie lange noch?

Bardhyl erscheint an meiner Bürotür, und ich räuspere mich und hebe den Kopf. "Hat alles geklappt?", frage ich.

Er nickt. "Du hast recht. Das Mädchen ist temperamentvoll."

Es ist ein Feuer in den Augen meines Vierten, wenn er von Meira spricht. Sie hat diesen Einfluss auf alle, denen sie begegnet.

"Ja. Versuch mal, sie durch die Wälder zu unserer Siedlung zu schleppen, so wie ich es getan habe." Ich schüttle den Kopf, als er lacht. "Wie auch immer, wir brauchen jetzt einen Ersatz für sie, den wir zum X-Clan-Alpha schicken können. Morgen bei Tagesanbruch gehst du mit einer kleinen Gruppe von Jägern in die Wälder und suchst ein anderes Mädchen." Alle Mädchen, die wir zur Hand hatten, haben entweder ihren Partner unter den Ash-Wölfen gefunden oder sind zu einem anderen Rudel in Europa gegangen.

"Natürlich." Er hält einen Moment inne und sieht aus, als wolle er mich etwas fragen.

"Was ist?"

"Was wirst du mit Meira machen?" Besorgnis durchwebt seine Worte. Seine Augen verschleiern sich, während er schwer atmet.

"Ich werde einen Weg finden, sie zu retten. Ansonsten kann sie nicht hierbleiben." Angst verknotet sich in meinem Bauch. Ich schaue nach unten und starre auf mein Comm. Ich weiß, dass ich

Ander kontaktieren muss, um ein Update abzuliefern, aber ich fühle mich körperlich krank bei dem Gedanken, mich von Meira zu trennen. Die Welt sollte sich zusammenfügen, wenn ich meine Gefährtin finde ... Doch seit ich sie gefunden habe, ist es ein einziges Durcheinander.

"Du sagtest, sie hat eine Menge Blut erbrochen, richtig?", fragt Bardhyl. "Das bedeutet, je kränker sie wird, desto schwächer wird sie. Sie wird nicht in der Lage sein, die Bestie aufzuhalten, wenn sie endlich ausbricht."

Natürlich hat er verdammt recht. "Wir haben also nicht viel Zeit. Heute Nacht ist Vollmond. Dann muss ich anfangen."

Bardhyl nickt. Mit einer Verbeugung des Kopfes verlässt er das Büro. Er ist heute Abend viel ruhiger als sonst, aber das schüttle ich ab.

Ich bin allein, und ich kann nicht aufhören, an Meira zu denken. Wie sie mich von Anfang an beeinflusst hat, welche Dinge ich mit ihr machen möchte. Mein Wolf verlangt, dass ich sie beanspruche, bevor es zu spät ist, aber so einfach ist das jetzt nicht. Panik erfüllt mich bei dem Gedanken, dass ich sie verliere, bevor ich diese Chance bekomme, und das wandelt sich schnell in Wut darüber, dass sie ein Mischling ist.

Ich hatte bereits andere Frauen. Genug von ihnen, dass ich mich nicht erinnern kann, wie viele es waren. Sie sind begierig auf mein Bett und ich gebe es ihnen – immer und immer wieder. Aber ich habe nie das Hoch gefunden, nach dem ich suche, dieses Gefühl, das mein Feuer entfacht und mich zu ihr zieht, das meinen Wolf weckt.

Diese Höllenkatze ist genau das, und mein ganzer Körper erschaudert in ihrer Gegenwart. Ich kann immer noch ihren süßen Duft aus den Bädern riechen, die Feuchtigkeit, bei der sich meine Eier anspannen. Ich spüre es in meinen Adern, vom Scheitel bis zu den Zehen und der Spitze meines Schwanzes.

Ich weiß, ich bin nicht der Einzige, den Meiras Anziehungskraft an ihre Seite gerufen hat.

Meira

"*K*omm ganz nah. Hab keine Angst", ruft mir eine Frauenstimme aus dem dunklen Raum zu.

Ich versteife mich und blinzle, während sich meine Augen an die Dunkelheit gewöhnen. "Wer bist du?"

Ein Flackern von Kerzenlicht dringt vom Ende des Raumes her und enthüllt eine Frau Mitte vierzig, die in einem Schaukelstuhl sitzt, den Schoß mit

Decken bedeckt, die Augen schattenhaft und erschöpft.

"Ich bin Kinley. Setz dich zu mir." Sie nickt auf den Holzstuhl ihr gegenüber. Auf dem Tisch daneben liegt eine Sammlung von Büchern, eine Kanne Tee und eine einzelne Tasse. Sie hat ein Nickerchen gemacht, so wie der Schlaf noch in ihren Augen steht.

"Es tut mir leid", sage ich und ziehe mich zur Tür zurück. "Ich glaube, da liegt ein Irrtum vor. Ich werde dich schlafen lassen." Meine Hand greift nach dem Türgriff, um zu gehen, aber sie ist verschlossen.

"Meira, das ist kein Irrtum."

Ich bleibe stehen und lasse meinen Blick durch das kleine Wohnzimmer schweifen. Ein Vorhang verdeckt die Fenster, der Kamin ist kalt und das Haus ist einfach möbliert. Der Raum riecht muffig.

"Du lebst mit dem Tod, Mädchen", murmelt sie. "Du wünschst dir, du wärst anders geboren. Du glaubst, wenn du dir nur die Wölfin vom Leib halten könntest, wäre alles in Ordnung, nicht wahr?"

"Was weißt du schon davon?" Ich flüstere leise, fast unsicher, ob ich die Antwort hören will.

Sie wirft einen Blick auf den leeren Stuhl gegenüber, und ich durchquere widerwillig den Raum, um dann Platz zu nehmen.

"Ich weiß, wenn du das Unvermeidliche weiter ignorierst, wird es zu spät sein, dich zu retten."

Etwas zieht sich in meinem Solarplexus zusammen, da sie der Wahrheit viel zu nahe ist, um Trost zu spenden. Mein ganzes Leben lang habe ich mit der Angst gelebt, dass meine Wölfin sich nicht zeigt, und dass ich, wenn sie es tut, die Kontrolle verliere. Ich habe vor langer Zeit akzeptiert, dass ich ohne sie besser dran bin.

"Es hat so lange funktioniert", antworte ich.

"Und was ist dein Plan für die Zukunft? Weiter weglaufen? Ein Wolf lässt sich nicht ewig in Schach halten."

Ich studiere die Frau mit den kurzen sandfarbenen Haaren, die eine weiße Bluse mit Rüschen am Kragen trägt. Sie ist hübsch und spricht mit einer freundlichen Stimme, aber ihre Unklarheit frustriert mich.

"Kinley, ich bin mir nicht sicher, was du von mir hören willst oder was ich tun soll. Oder warum ich überhaupt hier bin. Ich kenne dich doch gar nicht."

Ihre grauen Augen glitzern im Kerzenlicht. "Meine Mutter war ein Mensch, und sie starb bei meiner Geburt. Mein Vater wurde an meinem fünfzehnten Geburtstag getötet und in einen Infizierten verwandelt. Mein ganzes Leben bestand aus Überleben, genau wie das Leben jedes einzelnen der Ash-Wölfe da draußen. Genau wie deines. Und ich will ehrlich sein, Dušan hat mich gebeten, mit dir zu reden."

Ihr Eingeständnis hat einen komischen Unterton, als ob es ihr nicht ganz geheuer wäre.

"Danke für das Gespräch."

"Geh und hol dir eine Tasse aus der Küche." Sie deutet mit dem Kinn auf die andere Seite des Raumes. "Dort steht ein Teller mit frisch gebackenem Fladenbrot und Wildbret. Bring das auch rüber. Du siehst ausgehungert aus."

Kinley spricht sanft, und sie hat fast etwas Tröstliches an sich. Sie erinnert mich an meine Mutter, und es breitet sich eine Wärme in meiner Brust aus. Ich bin auf den Beinen und durchquere den dunklen Raum, um im Handumdrehen mit den Sachen zurückzukehren.

Sie schenkt mir Tee ein und der Duft von Zitrusfrüchten steigt mir in die Nase. Ich nehme mir eines der handgroßen Fladenbrote, reiße Stücke ab und stecke sie mir in den Mund. Der Hunger lässt mir das Wasser im Mund zusammenlaufen und ich esse drei in Rekordzeit.

Kinley beobachtet mich, während sie an ihrem Tee nippt. "Meine Nachbarin macht sie für mich. Sie ist neunzig Jahre alt und immer noch unglaublich gut in der Küche."

Ich spüle das Essen mit Zitronentee herunter und stelle die Tasse zurück auf den Tisch. "Erzählst du mir von Dušan?"

"Sein Stiefvater war ein rücksichtsloser Anführer,

aber nach seinem Tod hat Dušan die Führung über-
nommen und alles in seinem Rudel verändert. *Alles -*
einschließlich der Rudelregeln und dass wir alle in
diese Siedlung gezogen sind, aber vor allem, wenn es
darum geht, Weibchen zu schützen. Er wird jeden
töten, der einem Weibchen etwas antut." In ihrem
Gesichtsausdruck liegt ein Wissen, als ob sie das aus
erster Hand erfahren hätte.

"Warum?"

"Der alte Alpha war gewalttätig, besonders
gegenüber seiner Gefährtin und den Kindern." Sie
schaut einen Moment lang weg, dann räuspert sie
sich. Ich sehe die Traurigkeit in ihrem Gesicht. "Aber
es gibt keinen anderen Ort, an dem ich jetzt lieber
leben würde. Nicht nach dem, was mir passiert ist."
Sie senkt ihre Hand und schält die Lagen der Decken
über ihrem Schoß weg.

Mein Blick folgt der Bewegung, und darunter
trägt sie eine graue Hose. Sie sitzen locker über den
dünnen Beinen. Sie sind so knochig, dass sich etwas
in meinem Magen zusammenzieht.

Ich will wegschauen, aber ich kann nicht. Die
obere Hälfte ihres Körpers scheint normal zu sein,
aber die untere Hälfte sieht aus, als sei sie
verschrumpelt.

"Ich bin von der Taille abwärts gelähmt", sagt sie.
"Das passierte, als ich zwanzig Jahre alt war und
mich meiner ersten Verwandlung unterzog."

Ich blinzle bei ihren Worten. "Du hast überlebt?"

"Ja." Ihre Augen leuchten auf.

Ich bin völlig verblüfft von ihrer Enthüllung.

"Also kannst du dich auch jetzt noch in deine Wölfin verwandeln?"

Sie lächelt breit. "Natürlich. Meine Beine werden in beiden Formen nie wieder funktionieren, aber ich lebe."

Meine Kehle schnürt sich zu. Ich bewege mich in meinem Sitz, Unbehagen kriecht meine Wirbelsäule hinauf. Allein ihr Anblick bricht mir das Herz.

Ist das mein Schicksal? Ich will nicht den Rest meines Lebens eingesperrt in einem Haus verbringen. Ich war immer auf der Flucht und habe in der Wildnis gelebt. Allein zu sein und nicht laufen zu können, würde mich umbringen.

"Ich weiß, was du denkst", murmelt sie. "Aber meine Verwandlung kam, als mich ein abtrünniger Wolf angriff. Es war die Wolfsenergie meines Schicksalsgefährten, eines Wolfes aus dem Shadowlands-Sektor, die mich vor dem Tod bewahrte, als meine Bestie an diesem Tag aus mir herausbrach. Der abtrünnige Wolf hat meine Nerven durchtrennt und mich hierher gebracht."

Meine Hände zittern an meiner Seite. "Aber ich habe von keinem Mischling gehört, der überlebt hat, wenn er sich nach der Pubertät verwandelt hat."

"Ich bin der lebende Beweis dafür, dass es möglich ist, wenn man nur daran glaubt."

Mein Mund wird trocken, als ihre Worte meine Wölfin besänftigen, und zum ersten Mal in meinem Leben habe ich das Gefühl, dass es vielleicht doch noch Hoffnung für mich gibt.

11

Meira

"Bitte sperr mich nicht da drin ein", flehe ich Bardhyl an, der die Tür zu einem scheinbar zufälligen Raum im Schloss aufstößt. Nachdem Kinleys Gefährte nach Hause zurückgekehrt war, holte mich Bardhyl ab und brachte mich wortlos zurück ins Schloss.

"Zwing mich nicht, dich hineinzutragen. Es ist zu deiner eigenen Sicherheit."

In seiner Stimme liegt eine Schärfe, die mich erschreckt. Ich trete in den leeren Raum. Keine Möbel, nur ein Kamin mit einem Feuer darin.

Er schließt die Tür zu und sperrt mich ein.

Ich krame in meiner Tasche und ziehe die beiden Metallstangen, die ich im anderen Zimmer an mich genommen hatte, heraus, dann mache ich mich auf den Weg zur Tür. Dieser Palast hat alte Schlösser, die lächerlich leicht zu knacken sind. Ich warte eine Weile, um sicherzugehen, dass Bardhyl weg ist.

Ich habe Stunden mit Kinley verbracht und mir ihre Geschichten über das Leben allein vor ihrer Verwandlung angehört. Die Ähnlichkeiten zwischen unseren Geschichten sind unheimlich. Am Ende beschloss ich, dass ich sie wirklich mochte. Aber ich will auch nicht in einem Raum eingesperrt sein und darauf warten, dass Dušan kommt und mich einfach markiert. Ich habe drei Alphas getroffen, die sich mit meiner Wölfin verbunden haben, und ich möchte das besser verstehen.

Kinley schlug vor, dass ich mehr Zeit damit verbringe, meine potenziellen Partner kennenzulernen, da der Übergang dann einfacher sein würde. Und heute Abend will ich Lucien besuchen und mit ihm reden, um zu sehen, ob es eine Möglichkeit gibt, eine Paarung mit Dušan zu vermeiden. Ich hasse ihn dafür, dass er mich entführt hat, und ich hasse ihn noch mehr wegen der Art, wie meine Wölfin und mein Körper mich in seiner Nähe verraten. Wie sie sich nach ihm sehnen. Wenn ich einen klaren Kopf hätte, würde ich nicht davon träumen, ihn zu küssen. Es ist das Beste, wenn wir getrennt bleiben. Lucien scheint der Zugänglichste der Alphas zu sein, die ich bis jetzt getroffen habe.

Ich stecke die beiden Metallstangen in das Schlüsselloch und drehe und fummle daran herum, bis ich das vertraute Klickgeräusch höre.

Schnell schlüpfe ich aus dem Zimmer und eile den Korridor entlang. Der Mond ist heute Nacht voll. Ich kann ihn auf meiner Haut spüren, und die Wölfin in mir regt sich mehr als sonst.

In der Ferne bellt ein Wolf.

Ich bleibe nicht stehen, gehe in die Gänge hinein und wieder hinaus, die Stufen hinauf und dann wieder zurück. Erst als ich in einem engen Torbogen stehe und in den Wald hinter der Festung blicke, vergesse ich Lucien schnell. Ich habe einen Weg aus der Burg gefunden, und vielleicht kann ich, während die Nacht den Boden bedeckt, einen möglichen Weg durch den umgebenden Zaun finden.

Ich habe mich immer noch nicht mit dem Gedanken abgefunden, dass ein Alpha mich markiert und besitzt.

Also schlüpfe ich nach draußen in die laue Nacht. Über mir hängt der riesige Mond tief und beleuchtet die Berge in seinem silbrigen Schein.

Mit schnellen Schritten bewege ich mich vom Hauptteil der Festung weg und eile in den Wald innerhalb des Zauns.

Zweige knirschen, und ich drehe mich um, um

niemanden zu entdecken. Ich gehe weiter, als immer mehr Knurren und das Rascheln von Laub näherkommt. Ich halte inne und drücke mich mit dem Rücken an einen Baum, mein Herz galoppiert. Schatten huschen um mich herum. Vielleicht ist das ein Fehler ... Ich sollte gleich morgen früh rauskommen, um einen Ausweg zu finden.

Eine Gestalt verweilt in der Nähe, außer Sichtweite, aber wer auch immer es ist, er verlässt mich nicht.

Ich scanne die Bäume hinter mir nach einem Ausweg.

Es gibt keine Antwort, aber die Gefahr schnappt in der Dunkelheit nach meiner Haut. Trotzdem weiß ich, dass der Mann noch da ist. Ich kann ihn jetzt riechen, seinen Duft ... sein Verlangen. Meine Stiefel kratzen über den weichen Waldboden, als ich noch einmal zurücktrete. Ein Heulen schneidet in der Ferne durch die Luft. Es ist tief und klagend, und der Klang schneidet wie ein Messer durch mich hindurch.

Ein verzweifeltes Heulen ertönt ... Der Ruf einer Bestie zu einer anderen.

Das ist es, was in mir ist - eine Bestie, die sich weigert, herauszukommen. Ich schlucke den bitteren Beigeschmack von Säure herunter, als irgendwo rechts von mir ein Zweig knackt.

Die Schatten verschieben sich. Ich fühle sie

mehr, als dass ich sie sehe, so wie ich jetzt alles um mich herum fühle.

Wie der Mond ...

Das silberne Glühen pulsiert in der Luft und jagt mir einen Schauer über den Rücken. Mein Herz klopft als Reaktion darauf, das Zittern fährt durch meinen Körper.

Ein weiteres Geräusch schneidet durch die Luft, nur ist es irgendwo hinter mir.

"Sie sind hinter dir her."

Ich zucke bei den Worten zusammen und richte meinen Blick auf das verdunkelte Baumdickicht. Dušan tritt aus dem Schatten, schreitet mit langen, zielstrebigen Schritten, bis er im Mondlicht steht.

Seine sanften blauen Augen sehen in der Nacht fast silbern aus. Ich bin in ihnen gefangen, wie festgenagelt, als er näher kommt. Sein langes, dunkles Haar tanzt mit der Bewegung in der Luft, und mein Atem stockt in meiner Brust.

"Ich habe es dir gesagt", flüstere ich, meine Stimme ist heiser. "Ich will mit all dem nichts zu tun haben."

"Und trotzdem hält sie das nicht ab. Warum hast du dein Zimmer verlassen?" Er bewegt sich in Zeitlupe auf mich zu. Meine frühere Angst verpufft im Vergleich zu der berauschenden Erregung, die mich für diesen Alpha durchbrennt.

So ist das mit uns. Schieben. Ziehen. In der einen

Minute angezogen, in der nächsten abgestoßen. Gedanken überfluten meinen Verstand, panische Gedanken, gefüllt mit dem Bild von uns.

"Die anderen Wölfe, sie werden dich heute Nacht immer wieder holen. Sie werden sich nicht unter Kontrolle haben. So oder so, deine Wölfin muss herauskommen. Du musst markiert werden, Meira. Zu deiner eigenen Sicherheit. Jetzt, wo sie deinen Geruch haben."

"Und dein Verlangen, richtig?" Meine Antwort kommt als Flüstern heraus.

Da ist ein Zucken in seinem Augenwinkel, ein Nerv, der als Antwort aufflackert. Er senkt seine Aufmerksamkeit, nimmt meinen Körper in sich auf, als ich die Hand ausstrecke und einen Schritt zurücktrete.

"Ich würde lügen, wenn ich behaupten würde, dass ich nicht zumindest ein wenig fasziniert wäre", sagt er.

Fasziniert? Ein hartes, bellendes Lachen entringt sich meiner Kehle. "Nette Wortwahl. Nur, was spricht dagegen, dass du genau so bist wie sie?" Ich rucke mit dem Kopf in Richtung des durchdringenden Rufs, der im Wind tanzt.

Mein Körper bebt vor Kraft, wie Pfoten, die auf den Boden schlagen. Heute Nacht sind die wilden Wölfe los, genau wie Dušan gesagt hat ... und sie kommen zu mir. Ihr Hunger. Ihr Bedürfnis. Hitze mischt sich mit Angst, und es ist ein gefährlicher Cocktail.

"*Ich* weiß nicht, ob du es nicht bist." Meine Stimme zittert, bedürftig und verzweifelt. "Das weiß ich überhaupt nicht. Ich kenne dich nicht, weiß nichts von alledem."

Lauf! Das Bedürfnis brüllt in mir. *Versuch dein Glück.* Ich bin schnell und geschmeidig, kann über die Felsen huschen und den Berg schneller erklimmen als jemand wie der bullige Alpha vor mir.

Wenn ich heute Nacht aus der Siedlung entkommen kann, kann ich eine Felsspalte in den umliegenden Bergen finden und hineinschlüpfen. Ich werde bis zum Morgen warten, warten, bis sie die Jagd endlich aufgeben ... dann kann ich mich auf den Weg nach Hause machen.

Nach Hause.

Das Wort hallt wider. Wo ist mein Zuhause?

Dušan zuckt mit dem Blick nach rechts, seine Lippen kräuseln sich, ein wildes Knurren entströmt seinem Mund. "Entscheide dich, Meira, und entscheide dich schnell. Sie kommen."

Panik durchfährt mich, als ein Knurren durch die Bäume schneidet. Dušan hebt seine Hände, aus deren Spitzen lange, schwarze Krallen ragen. Er dreht den Kopf und wirft einen Blick auf mich, die ich wie versteinert dastehe, während ein weiterer

Fleck zwischen den Bäumen hindurch auf uns zurast.

Es vergeht ein Moment zwischen uns, ein Moment voller Verzweiflung und Pflichtgefühl, bevor er seine Aufmerksamkeit von mir abwendet und murmelt: "Scheiße."

Er stürzt davon, senkt den Kopf, während er in die Dunkelheit des Waldes stürmt. Der schwere Schlag seiner Schritte schlägt eine panische Trommel in meinem Kopf. Äste knacken, vermischen sich mit einem gutturalen Brüllen.

Einen Moment später folgt ein brutaler Aufprall. Wildes, urwüchsiges Knurren erfüllt die Nacht. Mein Magen krampft sich bei dem Geräusch zusammen, als ein Heulen durch das Gebüsch vor mir schallt.

Ich habe keine Wahl. Ich tue das Einzige, was ich kann - ich drehe mich um und renne.

Meine Kehle schnürt sich zusammen, als ein furchterregendes Heulen aus der Richtung kommt, in der Dušan verschwunden ist. Ist er das? Das Donnern in meinem Kopf wird lauter, kracht wie ein Crescendo, als die Bilder lebendig werden. Dušan, verletzt, liegt blutend und verletzt da, nur weil er mich für sich haben will.

Ich schüttle den Kopf, während Tränen meine Sicht vernebeln. Ich scanne die Baumgrenze und finde eine Spur, die einen klaren Weg zu dem Teil des Berges innerhalb der Metallwände bahnt. Meine

Knie zittern, blockieren, als ich vorwärts stolpere. Ich bete, dass meine Beine durchhalten, und beeile mich, den Alpha und das Rudel hinter mir zu lassen.

Schuldgefühle verschlingen mich. Ich ertappe mich dabei, wie ich langsamer werde, als ich das Gebüsch erreiche, und drehe mich um. Die unbarmherzigen Geräusche sind ekelerregend. Fäuste und Klauen zerfetzen Fleisch, bis ein durchdringender, markerschütternder Schrei die Nacht erfüllt ... und was folgt, ist Stille.

Leere Stille.

Wärme rinnt mir über die Wangen, als ich zu den Bäumen zurückblicke. Ich bin jetzt allein, allein mit meiner Verzweiflung und dem wenigen Mut, den ich noch habe.

Dušans blassblaue Augen verfolgen mich, während ich vorwärts taumle und meine Stiefel den ausgetretenen Pfad zwischen den Bäumen finden. Ein paar andere Wölfe kommen auf mich zu, umschwärmen den Wald um mich herum. Ihr männlicher Geruch ist so stechend, dass er mir wie ein Lappen im Hals steckt. Sie riechen so vertraut.

Ich stoße meine Stiefel gegen den Boden und renne, so schnell ich kann. Nägel durchbohren das Fleisch meiner Handfläche. Etwas taucht aus der infernalischen Dunkelheit auf.

"Was glaubst du, wo du hingehst, Weibchen?"

Die Warnung dringt wie Eis durch meine Adern.

Sein langes, blondes Haar glänzt, als er näher kommt. Ich habe ihn noch nie gesehen, und ich finde ihn nicht im Geringsten attraktiv. Ich bleibe stehen, mein Herz klopft so laut, dass ich kaum denken kann.

"Lass mich in Ruhe", warne ich, meine Stimme bricht und zittert.

"Das kann ich nicht tun." Er atmet schwer ein und gleitet näher, genau wie Dušan es tat.

Aber im Gegensatz zu dem hoch aufragenden Alpha mit den mitternachtsdunklen Haaren kommt dieser immer näher und verlängert seine langen Schritte. Weiße Reißzähne leuchten in der Dunkelheit. "Ich kann dir versprechen, dass ich sanft sein werde." Er wendet seinen Blick zu den Bäumen. "Aber der Rest wird hier sein, bevor wir es merken ... und ich muss mich an dir sättigen."

Ich schüttele den Kopf, als mich ein Zittern durchfährt.

"Gott, ich liebe den Duft deiner Angst", knurrt das Männchen, seine Stimme wild und unfreundlich. "Mach dir keine Sorgen. Du wirst schon bald mein Zeichen tragen."

Er greift nach oben und packt die Vorderseite seines Hemdes. Mit einem brutalen Ruck spaltet sich der Stoff und reißt von seiner Brust, bevor er das ruinierte Kleidungsstück zu Boden fallen lässt.

Die Muskeln heben sich in der Nacht. All diese

Kraft, all diese Lust. Seine dunklen Augen glitzern wie Stahl in der Nacht. Panik durchflutet mich und klammert mein Inneres fest.

"Nein", flüstere ich. "Bitte. Nein."

Einen Augenblick später geht er auf mich los, stürzt sich auf mich, um den Abstand innerhalb eines Herzschlags zu verringern. Eine Hand legt sich um meinen Arm, die andere schließt sich über meiner Brust. Er schaut auf mich herab. "*Nächstes Mal* bin ich sanfter, ich verspreche es."

Krallen durchstoßen den Stoff meines Kleides. Das Geräusch von reißendem Stoff setzt ein, bevor ein leises und unmissverständliches Warnknurren von hinten kommt. "Nimm deine verdammten Hände von ihr."

Ich versteife mich bei diesem Geräusch. Hoffnung wallt in meiner Brust auf, als mir ein Wimmern über die Lippen kommt. Dušan kommt näher, und der Geruch von Blut und Macht umweht mich. "Ich werde dich nicht noch einmal fragen, Vin."

"Sie ist nicht gezeichnet." Der Mann dreht sich um und durchbohrt mich mit seinem gefährlichen Blick. "Noch nicht."

Die Spitzen seiner Krallen schneiden tiefer und drücken sich um meine Brüste herum. Ist es das, was es bedeutet, gezeichnet zu sein? Bin ich jetzt das Eigentum dieses wilden Mannes? Der Schrecken dringt tief ein. "Bitte, nein. Nicht du. Nicht auf diese Weise."

Vin wendet seinen Blick zu mir, während er seine Lippen kräuselt. "Du willst mich nicht, Weibchen?"

"Nein, will sie nicht", antwortet Dušan für mich. "Jetzt nimm deine Krallen weg, bevor ich sie wegnehme ... mit deinen eigenen verdammten Zähnen."

Es gibt ein Zucken, als die Angst an die Oberfläche der Augen des Wolfes treibt. Dušan riecht grausam, der dicke, süßliche, metallische Geruch von Blut hängt schwer in der Luft.

Es ist nicht sein Blut.

Nicht seins.

Erleichterung durchströmt mich, als Vin seine Finger wegnimmt und seine Hand senkt.

"Jetzt lass sie los."

Ein leiser, verärgerter Laut entweicht den Lippen des Mannes, bevor er mich loslässt.

"Meira", murmelt Dušan.

Eine Verbindung zwischen uns flammt auf.

"Beeil dich", flüstert er. "Lauf weiter den Berg hinauf, innerhalb der Siedlung, und ich werde dich finden."

Das Band zwischen uns pulsiert mit Leben. Etwas kracht durch die Büsche hinter uns. Ich schlucke schwer, nicke und trete einen Schritt zur

Seite, wende meinen Blick im letzten Moment von ihm ab, bevor ich nach vorne stürme.

Ich rase in die Nacht, springe über umgestürzte Baumstämme und laufe um dicke, dornige Brombeerenranken. Dornen verfangen sich an meinem Kleid und kratzen tief. Ich verdränge den Schmerz und renne weiter, klettere blindlings, schiebe mich vorwärts mit dem Wissen, dass der Rand des Metallzauns nahe sein müsste.

Der Berg ragt empor, ein monolithischer Riese, brütend und gefährlich. Ich keuche und schaue über die Schulter.

Ich kann sie nicht mehr hören. Ich kann Dušan nicht spüren.

Meine Hände zittern, als ich weiter klettere, mich auf die Bewegung konzentriere, meinen Fuß auf den steilen Boden zu heben und meinen Körper höher und höher zu schieben, bis ich anhalten muss, um Luft zu holen. Ich klammere mich an den Felsen und lehne meine Stirn an die Oberfläche.

Bäume breiten sich wie eine Decke weit unter mir aus. Ich bin hoch oben ... wirklich hoch.

"Nimm deine verdammte Hand von ihr." Dušans Worte erfüllen meinen Kopf, als ich mich aufrichte und meinen Blick auf die Aufgabe richte.

Er hat andere für mich verletzt und verstümmelt.

Alles, um mich zu retten.

Trotzdem führt der Instinkt den Weg. Ich bewege

mich jetzt langsamer und ziehe mich auf einen kleinen schmutzigen Vorsprung an der Seite des Berges, von dem aus ich die Festung unter mir überblicke. Dort lasse ich mich keuchend auf die Knie fallen.

Die Stille findet mich, ich halte mich an der Kante fest. Ich hab es gerade so geschafft.

Dort unten. Dort unten kämpft Dušan gegen einen, zwei ... zehn von ihnen, um mich zu beschützen.

Ich zittere. *"Versteck dich. Ich werde dich finden."*

Ich halte mich an diese Worte und schaue mich um. Das sanfte Glühen des Vollmonds schmiegt sich an die Konturen des Berges. Ich kann nicht mehr klettern. Ich stehe auf und taumle rückwärts von der Kante, stoße mit den Fersen gegen den Stein, bis meine Wirbelsäule auf die Kühle des Berges trifft.

Hoch oben in den Wolken flackern Blitze, weit weg in der Ferne. Hier oben breitet sich die Welt vor mir aus und lässt nur Gedanken und Erinnerungen zurück. Ich ziehe meine Knie nach oben und ziehe sie an mich.

Kämpft Dušan noch? Gegen wie viele kann er kämpfen, bevor ihn einer von ihnen zu Fall bringt? Ich beiße mir auf die Unterlippe, als ein Schauer durch meinen Körper läuft. Ein Knurren hallt in meinem Kopf wider, wild und unwillkommen.

"Nein, bleib weg von mir", flüstere ich und beruhige die Bestie in mir, die nach vorne drängt.

Krallen schrammen unter die Haut meiner Knie, bevor sich die Spitzen gegen meine Haut drücken.

Angst durchströmt mich, dass meine Wölfin jetzt kommt - heute Nacht. Hier.

Ich schließe die Augen, als das schwache Echo des Donners durch den Himmel dröhnt, und die Kreatur in mir reagiert, hebt den Kopf, um den schwachen Duft von Ozon einzuatmen.

Ich weiß nicht, wie lange ich warte. Minuten fühlen sich wie eine Ewigkeit an, während ich beobachte, wie der Sturm langsam näher kommt und den Himmel mit neonweißen Blitzen erhellt. Mit jeder Sekunde, die er auf mich zurollt, spüre ich diese Verzweiflung in mir.

Ich muss diesen Ort verlassen - Dušan verlassen - oder bis zum Morgen wird es keinen Grund mehr geben, zu gehen. Bis zum Morgen werden sie mich gefunden haben. Tränen laufen mir über die Wangen, weil ich mich so schuldig fühle, dass ich mich rausgeschlichen habe. Ich wische sie mit dem Handrücken weg und schlage dann auf den Boden.

"Sag mir nicht, dass du schon gehst."

Das tiefe, gutturale Knurren wird von langsamen, schweren Atemzügen unterbrochen. Dušan humpelt vorwärts, kommt aus der Dunkelheit wie ein Gott.

Blitze durchzucken den Himmel hinter ihm, und für eine Sekunde schlägt mein Herz bis zum Hals.

Er stolpert vorwärts und hält seinen linken Arm an seinen Körper. Er versucht, den Schmerz vor mir zu verbergen, als er den Blick hebt, aber Wölfe heilen schnell. Ein langer Kratzer verunstaltet seine Wange und sein Hemd ist in der Mitte zerrissen. Eine Schulter ist komplett weg, zerrissen von Reißzähnen und Krallen.

Sein Stiefel schabt, als er nach vorne stolpert, seine ozeanblauen Augen suchen mein Gesicht ab, bevor er langsam alles von mir aufnimmt.

Er hat mich gerettet, mich beschützt, und er hätte dabei sterben können.

"Warum?" Das Wort rutscht mir über die Lippen. "Warum riskierst du dein Leben auf diese Weise?"

"Wenn ich es erklären muss, dann habe ich einen ziemlich schlechten Job gemacht, es dir zu zeigen."

Mein Atem stockt, als er auf mich zukommt. Nur dieses Mal gehe ich nicht zurück. Diesmal laufe ich nicht weg.

"Ich will das nicht." Ich schüttele den Kopf. "Ich will das alles nicht."

"Und doch wird das nichts ändern. Du hast eine Wölfin in dir, Meira. Eine, die du nicht ausschalten kannst. Eine, die du nicht für immer verleugnen kannst. Du stehst hier am Scheideweg. Du kannst entweder sterben, oder annehmen, was du bist, und lernen, dass es neben den Schattenseiten auch ein paar erstaunliche Vorteile gibt."

"Ja, was zum Beispiel?"

Er greift nach oben, ergreift die Rückseite seines Hemdes und zieht es sich über den Kopf. Die Muskeln spannen sich an, als er das ruinierte Kleidungsstück auf den Boden fallen lässt. "Schnellere Heilungsfähigkeiten, zum einen." Sein Arm hängt nicht mehr so stark herunter, und ich ertappe ihn dabei, wie er sich aufrichtet. "Und auch der Geruch", fährt er fort. "Ich kann zum Beispiel die Hasen riechen, die verzweifelt vor dem Sturm davonlaufen ... kannst du das?"

Ich ziehe die Luft durch die Nase ein und lasse mich von dem süßen Duft mitreißen. Panik schmeckt bitter unter der Süße. "Ja."

"Genau wie ich deine Wölfin riechen kann. Ich kann ihren Hunger riechen - ihr Bedürfnis. Ich kann riechen, dass sie bereit ist, durchzukommen. Dass sie durchkommen will."

Mein Puls beschleunigt sich bei seinen Worten. Der Gedanke daran, außer Kontrolle zu sein, erschreckt mich. "I..."

"Ich kann sie nicht ewig bekämpfen", murmelt er, als er näher kommt. "Aber ich werde es so lange tun, wie ich kann, wenn du das willst."

"Wird es wehtun?" Ich suche nach der Wahrheit. "Ich will nicht sterben."

"Nicht so, wie ich es will." Er hebt seine Hand. "Und wir müssen nicht ... wir müssen keinen Sex haben, wenn es das ist, was du willst."

"Aber du wirst mich trotzdem markieren, nicht wahr?"

Traurigkeit flackert für eine Sekunde in seinen Augen auf. "Ja. Mein Zeichen wird meinen Anspruch zeigen. Kein anderer Mann wird dich berühren. Es sei denn, du willst es."

"Es sei denn, ich will es?"

"Mach dir keine Sorgen." Er schluckt schwer. "Ich werde dich nicht in mein Bett zwingen, Meira."

Meine Kehle schnürt sich zu. Der Gedanke, in seinem Bett zu sein, erfüllt mich so, wie die Blitze am Himmel über dem Tal schweben. Will ich das? Will ich auf diese Weise zu ihm gehören?

Mein Herz krampft sich zusammen und antwortet für mich. "Was muss ich tun?"

Seine Augen weiten sich für eine Sekunde, bevor er nähertritt. Ich zucke zusammen, als er seine Hand hebt. Die Bewegung ist automatisch. Trotzdem hält ihn das nicht davon ab, zusammenzuzucken. "Dreh dich um und setz dich."

Umdrehen und hinsetzen? Ich weiß nicht, was ich erwartet habe, aber das war es nicht. "Kannst du mir nicht einfach in die Hand beißen?"

Ein trauriges Lächeln umspielt seine Lippen. Er

schüttelt langsam den Kopf. "So funktioniert das nicht, leider."

"Wie funktioniert es dann?"

"Dreh dich um, Meira. Ich verspreche dir, deine Wölfin wird dir den Weg zeigen."

Ich starre in seine Augen, finde nichts als Mitgefühl und Verlangen, und schließlich vertraue ich ihm, drehe mich um und zeige ihm meinen Rücken. Ich lasse mich auf den Boden sinken und schlage meine Beine übereinander. Ich schnappe nach Luft, als er sich bewegt. Ich werde mir seiner bewusst ... bin mir der Nähe seines Körpers zu meinem sehr bewusst. Die Art, wie er mich überragt und dann zu Boden sinkt.

Ich erinnere mich an Kinleys Geschichte, wie ihr Gefährte ihrer Wölfin geholfen hat, überzutreten. Vielleicht ist es das, was ich brauche. Hilfe, um meine Wölfin zu befreien und nicht länger eine Ausgestoßene zu sein.

"Hände vor mir auf den Boden", befiehlt er.

Mein Herz macht einen Sprung. Trotzdem tue ich, was er mir befiehlt.

Seine Finger streichen mir die Haare aus dem Nacken, bevor er sich nah an mich heran beugt. Warme Lippen treffen auf mein Fleisch. Ich schließe meine Augen bei der Berührung und versuche mich daran zu erinnern, zu atmen.

Der Donner grollt über mir, als er seine Brust

gegen meinen Rücken presst. Er drückt gegen mich und zwingt mich, mich nach vorne zu lehnen, bis meine Hände mein Gewicht tragen. Ich erhebe mich auf meine Knie, während er sich über mir zusammenkauert.

Er ist so sanft, so unglaublich sanft, und doch gibt es nichts Sanftes an ihm. Er ist ganz Kraft, ganz Alpha. Die Wärme seines Körpers dringt in meine Wirbelsäule und lindert den ständigen Schmerz in meinem Körper. Seine Lippen wandern nach unten, gleiten über mein Shirt und drücken auf meinen Rücken.

"Mutter, hab Erbarmen", knurrt er mit heiserer Stimme.

Meine Wölfin kommt näher. Das Geräusch ihrer weichen, tapsenden Schritte vermischt sich in meinem Kopf mit der Hitze seines Körpers. Ein Knurren entschlüpft meinen Lippen und grollt in der Mitte meiner Brust, bevor ich merke, dass es da ist.

"Das ist es", flüstert er. "Komm zu mir."

Ich kauere mich gegen die Wärme des Steins. Hitze strahlt aus meinem Inneren, sammelt sich zwischen meinen Schenkeln und ergießt sich nach außen. Elektrizität tanzt über meine Brüste, lässt meine Nippel sich zusammenziehen, während Dušan die Stelle unter meinem Ohr küsst.

"Bist du bereit, Meira?", murmelt er gegen mein Ohr.

Ich registriere keines der Worte, merke nichts, als er seine Hüften gegen die Kurve meines Hinterns reibt. Reißzähne streifen das weiche Fleisch hinter meinem Ohr und lösen eine Welle der Erregung aus. Ich stöhne und lasse meinen Unterkörper auf den Boden fallen.

Dušan folgt mir, stützt den größten Teil seines Körpers auf seine Schultern, während er mich festhält. Er knabbert langsam, spielerisch und neckisch. Ich krümme meine Finger, als meine Wölfin sich näher an mich drängt. Regentropfen klatschen mit einem Zischen auf den Berg. Der Himmel ist lebendig, leuchtend neonweiß, und in dem elektrischen Glühen arbeitet sich meine Wölfin immer weiter vor.

Mit einem unbarmherzigen Knurren beißt Dušan zu, versenkt seine Reißzähne in meinem Nacken. Der Orgasmus kommt aus dem Nichts und stürmt auf mich zu, während ich meinen Körper gegen den Stein reibe. Schmerz zerschneidet meine Handflächen, aber ist auch gleich wieder weg, als ich spüre, wie sich mein Körper bewegt.

Das Verlangen verschluckt das Dröhnen in meinem Kopf. Doch Dušan hält mich fest und lässt mich nicht los. Ein Schauer läuft mir über die Arme, bis Wärme in mich eindringt.

Dušan beißt fester zu. Es gibt keinen Schmerz, keinen Schrecken, nur Erregung, und als das Neonglühen des Blitzes abflaut, lässt er mich los ... und zieht sich zurück.

Ich liege da, sein schwerer Atem in meinem Nacken, meine Wölfin am Rande ... so nah.

"Irgendwas stimmt nicht", flüstert er in den Moment, der in jeder Hinsicht perfekt ist. Außer, dass er nicht perfekt ist, oder?

"Sie fühlt sich, als ob sie feststeckt", sage ich.

Ich fühle, wie sich sein Gewicht von meinem Rücken hebt. Starke Hände umklammern meine Taille und ziehen mich auf die Knie. Seine Arme legen sich um meine Taille, seine feste Brust drückt gegen meinen Rücken.

Schatten bewegen sich unten, huschen zwischen den Bäumen umher.

Seine Worte sind in meinem Ohr. "Es ist okay. Sie braucht vielleicht ein bisschen mehr Anstoß."

Ich höre das Grinsen in seiner Stimme und weiß, was er damit andeuten will. Hitze steigt in mir auf bei dem Gedanken, dass er mich nimmt.

"Ja." Ich stoße das Wort aus.

Sein Griff wird fester, sein Atem geht schnell und flach. "Nicht heute Nacht. Ich werde das nicht überstürzen."

Wir verharren einen langen Moment so, und ich

schmiege mich an ihn. "Du hast mich als die Deine markiert, nicht wahr?"

Er antwortet nicht sofort, stattdessen streicht er mir die Haare aus dem Nacken. Warme Lippen finden mein Ohr. "Teilweise. Morgen werden wir es beenden. Aber jetzt bist du mein. Jeder wird das jetzt wissen und dich in Ruhe lassen."

Mein. Das ist alles, was ich höre.

12

Meira

"*B*ist du bereit?", fragt Lucien von der Tür zu Dušans Schlafzimmer aus. Eine Schulter gegen den Türrahmen gelehnt, die Arme vor der Brust verschränkt, studiert er mich mit einem seltsamen Ausdruck. Halb geschlossene Augenlider, geschwungene Lippen und ein mysteriöses Glitzern in seinen atemberaubenden, grauen Iriden. "Es ist ein wunderschöner Morgen, und Dušan hat mich gebeten, dich zum Frühstück einzuladen. Er hat heute noch ein paar Dinge zu erledigen."

In diesen wenigen Augenblicken lasse ich mich

von dem perfekten Bild dieses Wandler-Exemplars einfangen. Sein Bizeps spannt sich, als er die Arme fallenlässt, dann fährt er sich mit der Hand durch sein kurzes, braunes Haar. Er ist eine Wand aus Muskeln. Fesselnd. Gefährlich ... weil er mir schmutzige Gedanken in den Kopf setzt. Meine Wangen erhitzen sich bei der bloßen Möglichkeit, dass meine Wölfin irgendwie mehr als einen Mann will.

Er trägt dunkle Jeans, die tief auf seinen Hüften hängen, ein zerknittertes blaues T-Shirt und braune Cowboystiefel. Das macht mich neugierig.

"Was hat es mit den Stiefeln auf sich?" Ich räuspere mich und gehe um das Bett herum, um die neuen Schnürsandalen zu holen, die Dušan mir gestern Abend mitgebracht hat. Ich trage ein himmelblaues Kleid, das bis zur Mitte der Oberschenkel fällt. Der Stoff ist das weichste Material, das ich je angefasst habe. Er hat sogar für schwarze Spitzenunterwäsche und einen BH gesorgt. Er hat dann sein Wort gehalten und mich allein in seinem Bett schlafen lassen, was ich zu schätzen wusste.

"Sie sind angenehm zu tragen", antwortet er, aber ich weiß, dass er lügt.

Ich richte mich auf und fahre mit den Händen über den Stoff. Die letzte Nacht geht mir nicht aus dem Kopf, und instinktiv fasse ich mir in den Nacken, wo er mich gebissen hat. Wo er seine

Spuren hinterlassen hat. Die Haut ist rau von den Abdrücken seiner Zähne, und allein die Erinnerung an diesen Moment jagt mir einen Schauer der Erregung über den Rücken. Ich hätte nie erwartet, dass der Alpha so sanft sein würde, dass er mich mit solcher Zärtlichkeit zur Erregung bringen würde. Die Nacht war ein Wirbelwind, der mich in eine perfekte Erinnerung aus Angst und Verführung versetzt hat.

Als ich mich umdrehe, stelle ich fest, dass Lucien mich studiert, als könne er meine Gedanken lesen. Ich versuche, den Kloß in meiner Kehle herunterzuschlucken, aber es fühlt sich unmöglich an. Ich bin hin- und hergerissen zwischen dem Hass auf diese Wandler und dem Verlangen nach ihnen. Ich verabscheue mich selbst dafür, aber ich kann mich auch nicht zurückziehen.

"Hast du schon mal von dem Sprichwort 'zur falschen Zeit am falschen Ort' gehört, Schönheit?", fragt er.

"Ja."

"Ich weiß, dass du das Gefühl hast, dass eine Reihe von Pech und schlechten Entscheidungen dich an unsere Türschwelle gebracht hat, aber denkst du nicht auch, dass das Schicksal eine komische Art hat, Dinge zu erzwingen, die sein sollen?"

"Du vertraust also auf das Schicksal?" Ich gehe um das Bett herum und bemerke, wie sein Blick meinen Körper hinunterwandert, bis hinunter zu meinen goldenen Sandalen.

Ich weiß, dass ich die Dinge, die ich fühle, nicht fühlen sollte, aber in der Nähe von Lucien stockt mir der Atem in der Kehle und Hitze flammt auf meiner Haut auf. Er sieht mich an, als würde er mir das Kleid vom Leib reißen und mich an die Wand nageln, während er mich fickt. Ein Feuer entbrennt in mir und arbeitet sich meinen Nacken hinauf bei dem Bild, das jetzt meine Gedanken erstickt.

"Es gibt einige Dinge, die zu seltsam sind, zu mächtig, um reine Zufälle zu sein, meinst du nicht?", fragt er.

Ich lecke mir die trockenen Lippen und nicke, als wir beide mein Schlafzimmer verlassen und an der Wache vor meiner Tür vorbeigehen. Vielleicht ist es keine so gute Idee, so nah bei Lucien zu sein. Weiter unten im Flur biegen wir links zu einer Wendeltreppe ab, die nach oben führt. "Ist es das, was du zu glauben aufgezogen wurdest?", antworte ich. "In meiner Kindheit ging es hauptsächlich darum, wegzulaufen und ein neues, sicheres Zuhause zu finden. Die meiste Zeit wusste ich nicht einmal, was Schicksal ist."

Er sieht mit einem sanften Blick zu mir herüber, der vor Mitleid strotzt.

"Tu das nicht", sage ich, und meine Wangen erhitzen sich vor Scham. "Ich will dein Mitleid nicht."

"Das ist kein Mitleid, Meira. Es ist Verständnis. Wir alle haben unterschiedliche Geschichten, und ich sage nicht, dass die eine besser ist als die andere. Aber einige von uns haben einen beschissenen Start in dieser infizierten Welt gehabt, mehr noch als andere."

Ich öffne den Mund, um etwas zu entgegnen, aber ich vergesse meine Worte, als wir auf einen kleinen Balkon hinaustreten, der aus der Basis des spitzen Turmdachs herausragt. Ein kühler Luftzug trifft mich und wirbelt um mich herum. Beim Anblick der Stühle und des kleinen Tisches, auf dem Teller mit Essen stehen, fällt mir die Kinnlade herunter, aber meine Aufmerksamkeit wird vom Ausblick von hier oben gefesselt. Ich bewege mich auf das Metallgeländer zu, das den offenen Bereich umgibt, und starre hinaus auf die spektakulärste Aussicht auf die wilden Karpaten, die uns umgeben.

"Wunderschön, nicht wahr?" Lucien steht hinter mir. Ich spüre seine Gegenwart so nah bei mir. Gänsehaut überläuft meinen Körper - vor Erwartung, vor Bedürfnis, dass er mich berührt und sich an mich drückt. Ich erschaudere.

"Es ist spektakulär." Ich werfe einen Blick hinunter in den Wald, der direkt vor den Metall-wänden der Siedlung liegt. Kleine Bewegungen dort unten erregen meine Aufmerksamkeit, und ich kneife die Augen zusammen, um besser sehen zu können, da wir so hoch sind.

"Siehst du das?" Ich deute nach unten.

Lucien tritt neben mich und schaut nach unten, unsere Arme streifen sich. Seine Haut ist brennend heiß, und ich widerstehe dem Drang, mich näher zu ihm zu beugen. Er lenkt mich so leicht ab.

Du musst damit aufhören, schimpfe ich mit mir selbst, denn ich weiß, dass ich nach der letzten Nacht schon genug Ärger habe, und ich muss meine Begierde zügeln.

Der Wind weht durch mein Haar, während wir beide in den Wald starren, wo ein halbes Dutzend Untoter näher an den Zaun heranläuft. Zwei von ihnen fallen auf die Knie, nach vorne gebeugt, als würden sie fressen. Die anderen schließen sich ihnen bald an.

"Meinst du, es ist ein totes Tier?", frage ich und erinnere mich, dass ich bei meiner Ankunft Untote aus dem nahen Wald kommen sah. Sie haben hier definitiv schon einmal gefressen, also werden sie nie wieder weggehen, wenn sie weiterhin so nah an der Siedlung Nahrung finden.

Lucien antwortet einen Moment lang nicht, nickt dann aber. "Ja, vielleicht." In seiner Stimme liegt eine gewisse Anspannung.

Ich drehe mich zu ihm um, mit dem Rücken zum Geländer, und er richtet sich auf, steht so groß und

so nah bei mir, dass ich nicht denken kann. Meine
Brust verkrampft sich bei den schmutzigen
Gedanken, die mit meinem Verstand spielen.

Mein Körper zittert, als ich meinen Blick auf
seine vollen Lippen lenke, dann auf die Narbe
entlang seines Schlüsselbeins. Dies ist eine
barbarische Welt, in der Kämpfen der einzige Weg
zum Überleben ist.

"Dein Herz schlägt so schnell. Hast du Angst vor
mir?", murmelt er.

"Nein, ich habe keine Angst vor dir." Ich habe
Angst vor dem Mangel an Kontrolle, den ich in
seiner Nähe habe, vor der Erregung, die mich dazu
bringt, auf meiner Unterlippe herumzukauen.

Das kleine Knurren, das von ihm kommt, sagt
mir, dass ich ein gefährliches Spiel spiele. Er rückt
näher, und ich weiche nicht zurück.

Ich lehne mich mit geschlossenen Augen vor, bis
sich unsere Lippen aufeinanderpressen. Ich kann in
diesen wenigen Sekunden, in denen die Welt uns in
diesem perfekten Moment gefangenzuhalten
scheint, nicht denken. In einem Moment, in dem ich
den Wandler unter Dušans Kommando küsse, den
Alpha, der mich letzte Nacht als die Seine markiert.

Er öffnet seinen Mund, und ich tue dasselbe,
unsere Zungen berühren sich. Funken sprühen über
meine Wirbelsäule, Feuer schmilzt zwischen meinen
Schenkeln und befeuchtet meine Unterwäsche in

Sekundenschnelle. Er zieht sich nicht zurück, und ich höre nicht auf. Ich will das hier nicht beenden, also lege ich meine Hände auf seinen Bizeps, während er mich in seine Arme schließt. Ich drücke meine Brüste gegen seine Brust, meine Nippel reiben über seine muskulösen Brustmuskeln.

Ich liebe die stöhnenden Geräusche, die er macht.

Unsere Atemzüge rasen, sein Kuss ist tief und dominierend, während er meinen Mund mit seiner Zunge erforscht - er leckt mich, er besitzt mich.

Er löst sich zuerst, und ich öffne meine Augen, um Zweifel in seinen Augen zu sehen. Kälte setzt sich in meinen Knochen fest.

"Selbst wenn ich nicht aufhören kann, an dich zu denken, sollten wir das nicht tun." Der Schmerz in seinen stahlgrauen Augen schnürt mir die Kehle zu, und Verlegenheit macht sich in mir breit. Es sollte nicht sein, aber ein unangenehmes Brennen steigt in mir auf.

"Warum?", frage ich.

"Weil wir uns beide verletzen werden. Ich hätte dich nie küssen dürfen." Er schaut weg und wendet sich abrupt dem Tisch zu. "Wir essen besser, bevor der Wind unsere Mahlzeit wegweht."

Ich gehe auf den runden Tisch zu, der mitsamt den Stühlen auf dem Steinboden festgeschraubt ist. Das Metall ist kalt an der Rückseite meiner Beine, als ich mich setze. Der Schmerz in meiner Brust vertieft sich, und ich wende meine Aufmerksamkeit dem Essen zu. Es gibt einen Teller mit gekochten Fleischstreifen, Marmeladengebäck und sogar einen runden Laib geschnittenes Brot, dick mit Butter bestrichen.

"Lucien, wir haben nichts falsch gemacht." Ich stelle überrascht fest, dass ich die Hand nach ihm ausstrecke, obwohl ich diese Wölfe wegstoßen sollte. Mein Kopf schmerzt vor Verwirrung, vor einem Bedürfnis, das ich nicht nachvollziehen kann.

"Das spielt keine Rolle", sagt er. "Iss auf."

Habe ich ihn richtig verstanden? "Natürlich ist es wichtig."

Er greift hinüber und füllt seinen Teller.

"Was meinst du?", frage ich, als er die Augen schließt und ein grummelndes Geräusch in seiner Brust macht. Als er mich wieder anschaut, steht Kummer in seinen Augen.

Ich weiß nicht, was ich sagen soll. Ich verstricke mich zu sehr, lasse mich von meinen Gefühlen forttragen. In letzter Zeit kämpfe ich damit, die Reaktionen meines Körpers zu verstehen. Meine Wölfin mag auf diese Alphas reagieren und sich nach ihnen sehnen, aber ist sie wirklich so vertrauenswürdig? Sie ist eine Bestie, die sich weigert, hervorzutreten, und sie könnte mein Tod sein.

Bin ich töricht, wenn ich glaube, dass das, was ich fühle, etwas anderes als animalische Anziehung ist?

Wir frühstücken mit anschließendem Smalltalk. Er erzählt nicht, warum er sich zurückgezogen hat, und vielleicht geht es mich nichts an. Vielleicht tut er mir einen Gefallen. Denn offensichtlich kann ich meine Instinkte bei den drei Alphas, die ich in diesem Rudel getroffen habe, nicht kontrollieren. Ich habe alle drei geküsst und meine Wölfin besteht darauf, dass sie sie alle will. Irgendetwas muss definitiv in mir kaputt sein.

Als wir fertig sind, führt er mich zu Dušans Schlafzimmer.

"Meira", sagt er an der Tür. "Ich glaube, es ist besser so." Dann schließt er die Tür und geht. Und ich bleibe zurück, völlig verwirrt und verletzt.

Dušan

Die Nacht verhüllt den Himmel, als ich nach dem ewig langen Tag zurück in mein Schlafzimmer marschiere. Feuer brodelt in meinen Adern. Ich habe endlich Mad erreicht, der darauf bestand, dass er und Caspian nur gastfreundlich sind und bald zurückkehren wollen. Er gab mir nichts und verbarg alles, was wirklich vor sich ging. Ich kann es in seinen Augen erkennen, in seiner Stimme. Der Idiot hat sogar versucht, Witze darüber zu machen, dass Ander sein Rudel nicht im Griff hat, und das alles wegen einer Omega, die er noch nicht vollständig beansprucht hat.

Was Ander mit seinem Rudel macht, geht uns nichts an, und Mad sollte sich das Chaos in seinem eigenen Leben anschauen, bevor er mit dem Finger auf andere zeigt.

Wenn er zurückkommt, zwinge ich ihn, mir alles zu sagen, oder er ist raus. Bardhyl hat recht. Wenn Mad sich nicht zusammenreißt, muss er gehen. Als meinen Zweiten brauche ich jemanden, dem ich vertrauen kann, und im Moment habe ich den Verdacht, dass er etwas wirklich Dummes tun könnte, das auf mich zurückfallen wird.

Meine Schritte knallen auf den Stein und hallen im Flur wider. Vor meiner Zimmertür bleibe ich stehen und atme scharf ein, um mich zu beruhigen. Ich will Meira nicht erschrecken. Den ganzen Tag habe ich an sie gedacht, ihren Duft in meiner Nase, ihren Geschmack auf meiner Zunge. Heute Abend werde ich ihre Wölfin hervorlocken - unsere Energien werden verschmelzen. Da ich die Gefahr kenne, die sie für sich und das Rudel darstellt, muss ich das heute Nacht tun. Letzte Nacht war ihre Wölfin bereit, herauszukommen, begierig darauf, zu entkommen. Und ich bin dabei, ihr einen großen Schubs zu geben.

Ich schließe die Tür mit dem Schlüssel in meiner Tasche auf und gehe hinein.

Meira dreht sich zu mir um, ihre Augen sind vor Überraschung geweitet, in der Hand hält sie eine Keramikkanne, deren Boden herausgefallen ist. Das blassgelbe Nachthemd, das sie trägt, ist durchnässt, der Stoff klebt an ihrem Körper, wölbt sich über ihre frechen Brüste und folgt der straffen Kurve ihres Bauches. Ich verschlucke mich fast an meinem Atem, als ich sie komplett wahrnehme.

Ich starre auf die dunklen Haare am Scheitelpunkt ihrer Oberschenkel, auf die köstlichen Kreise ihrer Brustwarzen, die sich an den nassen Stoff drücken.

Fuck!

"Ich glaube, der Krug hatte einen Riss", sagt sie mit einem schiefen Lächeln.

Ich stoße die Tür hinter mir zu und schließe sie ab. Mein Schwanz drückt gegen meine Hose, die Eier spannen sich an. Im ersten Moment kann ich nur auf das nasse Nachthemd starren, auf ihren wunderschönen Körper.

Ich reiße meine Aufmerksamkeit von ihr los, eile nach vorne, wo sie barfuß inmitten von Keramikscherben steht. "Nicht bewegen."

Ich knie mich hin und hebe zuerst die großen Stücke auf, dann suche ich akribisch alle kleinen. Ich versuche, meinen eigenen Hunger zu besänftigen, und erinnere mich an eine Frage, die ich ihr schon lange stellen wollte. "Meira, aus reiner Neugierde, wie bist du aus dem Flugzeug entkommen?"

"Mad und Caspian waren zu sehr damit beschäftigt, sich über die Verspätung zu streiten, also vergaß Mad, mich zu fesseln, und sobald er ins Cockpit ging, rannte ich los."

"Ich weiß deine Ehrlichkeit zu schätzen." Ich werfe die Keramikscherben in den Mülleimer und schüttle innerlich den Kopf über Mads Unachtsamkeit. Obwohl es seltsam erscheint, da er normalerweise so akribisch mit Details ist.

Meira beginnt, durch den Raum zu gehen.

"Habe ich nicht gerade gesagt, du sollst dich nicht bewegen?"

Sie versteift sich auf meinen Befehl hin. Ich gehe zu ihr und nehme sie in die Arme, trage sie dann zum Bett und lege sie auf den Rücken.

"Bist du auf irgendwelche Scherben getreten?", frage ich und setze mich auf das Ende des Bettes, wo ich ihre Füße auf meinen Schoß hebe.

Ich staube ihre Fußsohlen ab, auch die Zehen, und sie windet sich kichernd.

"Du kitzelst mich."

"Halt still." Ich streiche mit meinen Fingern sanft über ihre Füße, um noch mehr von ihrem schönen Lachen zu hören. Ich untersuche die Haut auf Schnitte. Sie hat so kleine bezaubernde Füße.

Langsam massiere ich ihre Füße und Zehen, und ich spüre, wie sie sich entspannt.

"Ich weiß deine Hilfe wirklich zu schätzen, aber ich bin nicht verletzt." Sie windet sich unter meiner kitzelnden Berührung.

Als ich mich zu ihr umdrehe, stützt sie sich auf die angewinkelten Ellbogen, der Stoff des Nachthemdes ist straff über ihre Brust gezogen, seine Transparenz verbirgt nichts.

Herrgott, sie ist verdammt schön. Ihr zierlicher kurvenreicher Körper ruft nach mir.

"Also, was ist der Plan für heute Abend?", fragt sie. "Abendessen, dann ein Spaziergang durch den Wald?" Dieses sündige Lächeln beschert mir einen schmerzhaften Ständer.

"Es gibt nur eine Sache, die ich vorhabe, wenn du mich so in Versuchung führst." Ich stehe vom Bett auf und beginne, mein Hemd aufzuknöpfen, ohne meinen Blick von ihren sich weitenden Augen zu heben.

Sie wirft einen schnellen Blick auf ihr Nachthemd, dann streicht sie hastig mit den Händen über ihre Brüste. "Verdammt! Du hast mich abgelenkt, als du reingekommen bist."

Sie rollt sich von mir weg, aber ich packe ihre Knöchel und ziehe sie auf dem Bett zu mir. Der Rock ihres Nachthemdes rutscht an ihren Beinen hoch, und ein Hauch von dunklem Haar zwischen ihren

Schenkeln kommt zum Vorschein. Sie keucht und schiebt den Stoff schnell herunter, aber mein Schwanz pocht jetzt so verdammt hart. Alles, was ich mir vorstellen kann, ist, diese herrlichen Schenkel zu spreizen und mich in ihr zu vergraben.

Paarungshitze steigt in mir auf und die Haare auf meinen Armen stellen sich auf. Meine Eier werden schwer von der Verheißung dieser Höllenkatze. So, wie sie mich ansieht, spürt auch sie diese Verbindung, die Erregung, das wachsende Bedürfnis.

Ein Keuchen entweicht diesen herrlichen rosigen Lippen.

Ich ziehe mein schwarzes Hemd auf und bemerke ihren tiefer gleitenden Blick. Ihre Wangen röten sich, und ich kann mir ein Lächeln nicht verkneifen, als ich die Knöpfe an meinen Ärmeln öffne. Ich ziehe das Hemd aus und lege es hinter mich auf die Couch.

"Dušan, ich w-weiß nicht ... Nein, ich ... Shit!" Sie stolpert über ihre Worte, und es ist bewundernswert, dass sie glaubt, irgendetwas, was sie sagt, würde etwas an dem ändern, was auf sie zukommt.

"Wir schließen die Paarung heute Abend ab, Meira. Wir müssen deine Wölfin hervorlocken. Du weißt das."

Sie schüttelt den Kopf, aber ihr Körper verrät sie, als sie den hautengen Stoff ihres Nachthemdes zwischen ihre Beine schiebt. Ihre Hand reibt ihre Hitze.

Ihr berauschender Duft erfüllt die Luft, und ich habe sie kaum berührt. Die Markierung hat unsere Wölfe nahezu magnetisch verbunden, und jetzt ruft er nach ihr, nach mir. Es ist berauschend, zieht mich tiefer und tiefer.

Sie keucht, und mein Schwanz schmerzt, drückt sich gegen meine Hose.

"Zieh dich aus", befehle ich. "Zeig mir, wie du dich anfasst."

"Nein!" Sie zieht sich zurück, während sie mich ansieht, als wäre ich der Teufel, aber dagegen anzukämpfen wird ihr nur qualvolle Schmerzen bringen.

Ich greife nach ihr und schnappe mit beiden Händen nach dem dünnen Stoff, zerfetze ihn mit bloßen Händen. Mit einer schnellen Bewegung reiße ich ihn bis zu ihrer Brust auf.

Diese perfekten Brüste wippen, und ich stöhne vor unvorstellbarem Verlangen. Sie krampft ihre angewinkelten Beine zusammen und starrt mich an wie ein verängstigtes Reh.

"Es wird Konsequenzen haben, wenn du nicht gehorchst, Meira. Jetzt zieh es aus."

"Ich ... ich sollte dich nicht so sehr begehren, wenn ich dich am liebsten aus dem Fenster schubsen würde."

Ein Glucksen dringt durch meine Kehle, und es fühlt sich unglaublich an, zu lachen. "Du kannst mich hassen, aber heute Abend werden wir deine Wölfin hervorholen. Und du wirst um mich betteln."

"Niemals!" Sie spuckt mir das Wort entgegen, und ich liebe ihre Grimmigkeit. Sie ist genau das, was ich an meiner Seite brauche, jemand, der sich behaupten kann, der hilft, mein Rudel zu führen. Sie muss jetzt nur noch körperlich stark werden.

Ich greife nach unten und löse den Verschluss meiner Hose. "Zieh das Nachthemd aus, Meira. Ich werde das nächste Mal nicht fragen." Ich brauche sie nackt, brauche diesen üppigen, kurvigen Körper, der ganz mir gehört.

Was wir füreinander empfinden, ist urwüchsig, unsere Wölfe suchen ihre Partner, und der einzige Weg, ihr bei der Heilung zu helfen, ist, ihre Wölfin daran zu erinnern, dass ich der Alpha bin. Die Dominanz mit der Energie, die uns zusammenhält, wird ihre andere Hälfte zum Vorschein bringen.

Ich öffne den Reißverschluss meiner Hose, und mein Schwanz springt heraus. Ihre Aufmerksamkeit fällt auf meinen Schwanz. In ihren Augen steht Hunger, als sich mein Duft mit dem ihren vermischt. Sie blinzelt, Angst blüht in ihren Iriden, aber sie zieht sich nicht mehr zurück. Ich schiebe meine Hose die Beine hinunter und steige aus ihr heraus, bevor ich sie neben mein Hemd lege.

Meine Höllenkatze sieht mich völlig verloren an.

"Jetzt zeig es mir, Hübsche. Zeig mir, wie du dich

anfasst, wenn du allein bist und an mich denkst. Und wehr dich nicht gegen mich."

Ihr Gesicht wird blass, aber ihre Hand gleitet an ihrem Bauch hinunter und zu dem Bereich zwischen ihren Beinen. Dann hält sie inne.

"Nein, nein", sage ich. "So geht das nicht. Mach sie auf."

"Ich weiß, was du vorhast. Ich werde mich dir niemals unterwerfen!" Sie starrt mich an, doch ihr Körper schnurrt nach mir.

"Dann wird deine Wölfin niemals herauskommen", knurre ich und will, dass sie aufhört, sich gegen mich zu wehren.

Sie starrt mich einen ewig langen Moment an, und ich weiche nicht zurück. Ihre Muskeln spannen sich an, als sie allmählich ihre Beine weit spreizt und ihre Hand ihre Muschi umschließt. Zuerst liegt sie nur da und kämpft mit ihrer eigenen Erregung. Dann arbeiten ihre Finger langsam, gleiten an den Falten entlang. Ihre Muschi glänzt vor Erregung, so rosa und feucht.

"Braves Mädchen."

Ich werde beim Zusehen immer härter, bin so kurz davor, auf dem Bett zu kommen.

Ein Stöhnen entschlüpft ihren Lippen, während sie mit ihren Fingern arbeitet, ihre Beine fallen weiter auseinander. Ich bin kurz davor, meine Selbstbeherrschung abzulegen und sie wie ein wildes Tier zu besteigen.

Ihr berauschender Geruch vernebelt meinen Kopf, und ich bin auf dem Bett, bevor ich mich überhaupt entscheiden kann, mich zu bewegen. Ich bin auf Händen und Knien, mein Kopf senkt sich zwischen ihre Schenkel, und ich atme tief ein, lasse jede Zelle meines Körpers sie erkennen und auf mich einwirken.

Ich ziehe meine Lippen an einem Innenschenkel entlang, ihr Wimmern macht mich verrückt. Sie zieht ihre Hand zurück, bietet sich mir an, braucht das genauso sehr wie ich. Ich schiebe ihre Schenkel noch weiter auseinander. Meine Zunge gleitet heraus und ich lecke die Länge ihres weichen Fleisches. Sie zittert unter meiner Berührung, klammert sich an ein Kissen und drückt es auf ihr Gesicht.

Ich küsse sie sanft, necke sie, sauge an ihrer Klitoris. Ich halte ihre kleinen Muschilippen offen und fahre mit meiner Zunge über sie, verschlinge sie. Ihr Körper zittert, ihre Hüften wippen. Ich klammere mich an ihre Schenkel, verschlinge sie und tauche meine Zunge in ihre flüssige Hitze. Sie riecht unglaublich.

Sie ist mein, damit ich sie beanspruchen kann, sie immer und immer wieder nehmen kann.

Der Ur-Hunger meines Wolfes steigt so kraftvoll in mir auf, dass er mich erschaudern lässt.

Mit einem Brüllen ziehe ich mich zurück und hebe mich auf die Knie, um auf meine Gefährtin hinunterzustarren. Sie ist das Schönste, was ich je gesehen habe.

Ich greife hinüber und reiße ihr das Kissen vom Gesicht.

"Ich will, dass du mich ansiehst, während ich dich ficke und dich zum Schreien bringe."

Sie starrt mich mit so ängstlichen Augen an, dass sich Zweifel in mir breitmachen. Ich bin niemand, der einen Rückzieher macht, wenn das, was ich tun muss, jemandem helfen wird, auch wenn er es selbst nicht sieht. Ich stürme voran und erledige die Dinge. Aber bei meiner kleinen Höllenkatze rieche ich eine Krankheit, und ich erinnere mich an das Blut im Mülleimer. Sie braucht das so dringend, aber ich kann sie nicht drängen.

"Nein, du bist nicht wirklich bereit", verkünde ich. So sehr mein Herz auch zerbricht und mein steinharter Schwanz schmerzt, ziehe ich mich zurück. "Wir können das ein andermal versuchen." Ich schiebe ihre Beine zusammen und setze mich auf die Bettkante, den Blick abgewandt.

Ich wische mit einer Hand über meinen feuchten Mund und mein Kinn, noch immer ertrinke ich in ihrer Erregung, aber ich will nicht, dass sie mich so in Erinnerung behält.

"Dušan", flüstert sie, ihre Hand legt sich zärtlich

auf meine Schulter. "Ich bin nur ..." Sie räuspert sich und ich drehe mich zu ihr um. Sie ist völlig nackt und kniet hinter mir. "Es ist mein erstes Mal. Und" - sie senkt den Blick - "ich habe Angst, dass es wehtun wird." Die Verletzlichkeit in ihrer Stimme berührt jeden Zentimeter meines Körpers und schickt eine heftige Welle durch mich.

Ich umfasse ihr Gesicht und sie lehnt sich in meine Berührung. Ich schaue in diese tiefgründigen Augen, und ihr Schmerz ist meiner. Ich verstehe die Angst nur zu gut. "Es wird ein bisschen wehtun, aber es wird auf eine unglaubliche Weise wehtun, das verspreche ich."

"Ich will dich. Ich will deine Hilfe. Ich will nicht an meiner Wölfin sterben. Bitte." Ihre Finger drücken sich verzweifelt in meinen Arm. Sie akzeptiert die Niederlage nicht, sondern stellt sich der Wahrheit.

Ein tiefer Schmerz reißt in meiner Brust, und ich bin beeindruckt, dass sie endlich ihre Situation akzeptiert. Dass meine Absicht nicht ist, sie nur ins Bett zu kriegen, sondern ihr zu helfen. Ich starre auf das Flehen in ihren Augen, auf ihr unordentliches dunkles Haar, auf ihre unregelmäßige Atmung. Ich spüre die Energie zwischen uns in meinen Knochen.

"Ich werde mich um dich kümmern. Du gehörst jetzt mir, Meira."

Ihre Augen verlassen meine nicht. Sie klammert sich an mich, während sie sich mir nähert und mich küsst. Weiche Lippen streifen meinen Mund. Sie zittert an mir. Ihre Zärtlichkeit drückt mein Herz zusammen. Ich muss noch von ihrer Vergangenheit erfahren. Wir alle haben Dunkelheit in unserer Vergangenheit, und ich will ihre entdecken. Ich will ihr zeigen, dass sie nicht mehr allein ist. Ich möchte, dass sie sich sicher fühlt.

"Ich brauche dich, Dušan", sagt sie gegen meinen Mund.

"Und du hast mich." Ich küsse sie zurück, eine Hand an ihrem Hinterkopf, die andere auf ihrem Arm. Sie schmeckt wie die süßesten Kirschen. Wir küssen uns, bis sie atemlos ist, bis ich so verloren bin, dass ich vergesse, zu atmen.

Ich führe sie zurück aufs Bett, und sie rutscht nach oben und drückt sich in die Matratze. Ich drücke mein Gewicht zwischen ihre Schenkel und fahre mit meiner Zunge ihren Hals hinunter, über ihr Schlüsselbein, schmecke ihre salzige Haut. Ich nehme ihre Brustwarze in den Mund und knabbere sanft daran.

Sie windet sich unter mir, ihre Hüften wiegen hin und her, mein Schwanz gleitet gegen ihre Glätte.

Sie ist so perfekt und stöhnt unter mir. Ihr Körper antwortet auf jede meiner Berührungen. Ich nehme die andere Brust in den Mund, lasse mir Zeit, will, dass sich ihre Lust wieder aufbaut, dass sie trunken ist vor Verlangen.

Der Raum schwimmt in unseren Düften. Ihre Finger graben sich in meine Arme, ihr Stöhnen wird lauter. Ich starre ihre Schönheit an, und sie hält meinem Blick stand, als ich meine Hand zwischen unsere Körper gleiten lasse und ihre geschwollene Klitoris reibe. Die gleitende Bewegung treibt sie in den Wahnsinn. Ihre kleine Muschi ist so feucht. Sie ist bereit, also drücke ich die Spitze meines Schwanzes an ihren Eingang und fühle ihre triefende Nässe. Sie keucht ein wenig, und das Geräusch macht mich süchtig.

"Ich verspreche, es am Anfang langsam anzugehen", sage ich. "Ich werde nie verletzen, was mir gehört. Gehörst du mir?", frage ich, mehr um sie die Worte sagen zu hören als alles andere. Ich weiß bereits, dass es wahr ist.

Sie hält sich an meinen Armen fest, ihre Wölfin heult in ihrer Brust. Sie ist so verdammt erregend. Als sich ihre Lippen endlich öffnen, entweicht ihr ein urtümliches Stöhnen. Und ich weiß, sie ist bereit.

Sie reißt ihren Kopf nach vorne, um mich zu küssen, und ich drücke mich langsam in ihren weichen Kern.

"Ich gehöre dir", schreit sie auf.

Sie ist so eng, und das Bedürfnis, in ihr zu explodieren, donnert durch mich. Mein Schwanz schmerzt, als ich sie weiter dehne, bis meine Spitze auf eine weiche Barriere trifft, und ich weiß, was das ist. Ich bin ihr Erster. Ich ziehe mich zurück und gleite wieder hinein, diesmal schneller, aber nicht bis zum Anschlag. Ich brauche sie kurz vor dem Orgasmus, damit sie weniger Schmerzen hat.

Ihr Kopf ist nach hinten geneigt, ihre Kehle ist offen und entblößt. Ich beobachte ihre hüpfenden Brüste, die Anspannung ihrer steifen Brustwarzen.

"Mach, dass es mehr weh tut", fordert sie und spreizt sich weiter. "Bitte."

Gottverdammt, sie wird mein Ende sein. Ich verliere alle Kontrolle über sie. Ich brenne vor Verlangen, mich ganz hineinfallen zu lassen.

"Du riechst so verdammt gut."

Sie gräbt ihre Nägel in meinen Arm, und mit jedem Stöhnen, das sie ausstößt, dränge ich mich tiefer. Ich ficke sie jetzt schneller und stoße über die weiche Barriere hinaus, gleite ganz in sie hinein.

Ihre Schreie erfüllen den Raum, ihr Rücken wölbt sich, ihre Wände pressen sich um mich herum zusammen. Ich verliere mich in ihr, aber ich ziehe mich teilweise heraus, lasse nur meine Spitze in ihr, begierig darauf, sie immer und immer wieder zu füllen.

"Bist du verletzt?", frage ich.

Ihre Augen blitzen auf, ihr Atem geht schnell. Ich liebe es, wie rot ihre Wangen glühen. "Mehr. Wage es nicht, aufzuhören."

"Scheiße, Meira." Mit einem harten Stoß gleite ich wieder bis zum Anschlag in sie hinein.

Sie schreit auf, als ich in sie hämmere, sie stoße, sie nehme, sie besitze.

Ihr Duft umhüllt mich wie eine Decke, die mich erdrückt. Und mein Wolf ist genau da, seine Energie vermischt sich mit ihrer, brüllt in meiner Brust. Er spürt, was zu uns gehört.

Ihr Körper bebt, als ich meine Hand auf ihre Muschi senke, mein Daumen drückt auf ihren Kitzler, reibt ihn in kleinen Kreisen, baut ihren Orgasmus auf.

"Komm für mich, meine Schöne", sage ich.

Sie schreit lauter, und mein Schwanz zuckt, der Ansatz schwillt an. Im selben Moment zuckt Meira zusammen und schreit, und ich explodiere mit meinem eigenen Orgasmus. Ich pulsiere in sie hinein, pumpe Ströme von Samen, fülle sie aus. Je länger mein Schwanz in ihr bleibt und den Samen in ihr hält, desto größer ist die Chance, dass sie geschwängert wird.

Ihr Götter, sie ist umwerfend in diesem Moment der reinen Glückseligkeit. Ihre inneren Wände pressen sich um meinen Schwanz, quetschen und melken mich.

Ich zische. Wärme durchflutet meinen Schwanz, als ihre Feuchtigkeit mich überzieht.

Ich ertrinke in ihrer Erregung. Ihr Kopf ist

zurückgelehnt, und in einem Moment reinen Verlangens entblöße ich meine Zähne und versenke sie in der Seite ihres entblößten Halses, ziehe Blut und schmecke ihren Orgasmus in der Luft. Ich ziehe mich von ihrem Hals zurück, den kupfernen Geschmack auf meiner Zunge.

Energie flackert über meine Arme. Die Zeit vergeht, und ich weiß nicht, wie lange wir miteinander verschlungen sind.

Nur dass keine Wölfin nach draußen drängt, und ich kann nicht verhindern, dass sich die Enttäuschung über meine Gedanken legt.

Meiras sexy Stöhnen ist endlos. Ihre Stirn ist schweißnass, und ich möchte für immer in ihr vergraben bleiben. Aber ich vermisse etwas an ihrer Wölfin, etwas, das mir nicht klar ist.

"Ich werde dich niemals loslassen", erkläre ich, und ziehe ich mich langsam aus ihr heraus. Ich lehne mich auf meine Fersen zurück und bewundere ihre schöne Muschi, den Samen und ihre Feuchtigkeit, die heraustropfen.

"Bleib da. Ich mache dich sauber." Ich stelle mich hin, meine Beine zittern und mir schwindelt von der Intensität.

"Dušan", sagt sie.

Ich schaue über die Schulter zu ihr zurück. "Ja?"

"Du lässt mich besser nicht gehen", knurrt sie.

13

Dušan

Es sind drei wundervolle Tage mit viel Sex vergangen, seit ich Meira zum ersten Mal beansprucht habe. Ihre Hitze ist explosiv, und sie ist auf mir, sobald ich zu ihr in mein Zimmer komme. Aber es gibt immer noch kein Anzeichen dafür, dass ihre Wölfin auftaucht. Das hätte sie schon längst tun sollen. Sie ist läufig, ihr Körper bereitet sich auf die Mutterschaft vor ... aber ich habe keine Ahnung, ob sie mit ihrer Krankheit überhaupt Kinder austragen kann - wenn die Wölfin noch in ihr ist.

Ihr Duft reizt immer noch meine Nasenlöcher. Süßer Honig und Rosen, mit einem Hauch von Zimt, was ihre Wölfin ist. Ich erkenne ihren Geruch jetzt überall, da er sich mit meinen Sinnen vermischt hat. Genauso wie die Geräusche, die sie in ihrer Erregung macht und die in meinen Gedanken singen.

Sie beeinflusst mich so sehr, dass ihre Abwesenheit jetzt durch mich sickert, ein ständiger Ruf an meinen Wolf.

Ich habe sie als mein Eigen markiert, sie vorübergehend beansprucht. Bis ihre Wölfin sich entfesselt, wird unsere Verbindung nie vollständig verschmolzen sein.

Bardhyl kommt zu mir in mein Büro und lässt sich in den Sessel gegenüber meinem Schreibtisch fallen. Ein neuer Kratzer auf seiner Wange lässt ihn rot werden. "Habe ein Mädchen gefunden, gerade so. Die verdammten abtrünnigen Wölfe da draußen suchen verzweifelt nach einem Weibchen. Ich musste gegen zwei kämpfen, um dieses Mädchen zu bekommen. Sie ist zwanzig und wird gerade läufig. Also ist sie perfekt."

"Das hast du fantastisch gemacht. Wir brauchen sie für eine schnelle Paarungszeremonie vor den Alphas, um sicherzugehen, dass keiner von ihnen ihr Schicksalsgefährte ist, bevor wir sie zum X-Clan schicken."

Bardhyl staubt seine Hände zur Schau ab. "Erledigt. Sie ist bereit, zu gehen."

Ich nicke mit dem Kopf. "Ich bin beeindruckt.

Okay, vereinbare die Übergabe in zwei Tagen. Sie muss gewaschen werdend, braucht etwas zu essen und neue Kleidung, und man muss ihr sagen, wo sie hingeht." Ich greife in meine oberste Schublade, um mein Tablet zu holen.

"Bin dabei. Du rufst Ander an?"

"Das mache ich jetzt, dann können Mad und Caspian ihre Ärsche wieder nach Hause bewegen."

Bardhyls Oberlippe kräuselt sich bei ihren Namen zu einem Grinsen.

Ich spreche, bevor er es tut. "Ich weiß, was du sagen willst, aber Mad wurde von meinem Stiefvater ernannt, bevor er starb."

"Und? Scheiß auf ihn und-"

"Und was? Mad den Infizierten vor die Füße werfen? Du weißt, dass ich das nicht tun werde."

"Nur damit du es weißt, wenn er auf dieser Reise irgendetwas anstellt, was unsere Handelsbeziehung ruiniert, werde ich ihn in seine Schranken weisen. Ich habe genug von seinem Scheiß. Weißt du, dass der Idiot vor seiner Abreise alle Schlösser an den Schuppen mit einem neuen Passwort versehen hat? Wir haben Tage gebraucht, um sie aufzusperren und an unsere Waffen zu kommen."

Ich schnaufe und schüttle den Kopf. Mad ist ein Schelm, aber das macht ihn nicht bösartig. Er ist bei meinem Stiefvater aufgewachsen, seinem richtigen Vater, der ihn genauso verprügelt hat. Wir hatten verschiedene leibliche Mütter, aber die hatten keine Macht über den früheren Alpha der Ash-Wölfe. Wir gehen alle unterschiedlich mit der Scheiße aus unserer Vergangenheit um.

Ich drücke die Ruftaste im Videochat und lehne mich in meinem Sitz zurück, während Bardhyl mein Büro verlässt.

"Dušan." Ander grüßt mich. Sein dunkles Haar fällt ihm unordentlich ins Gesicht. Er hat kein Hemd an, und im Hintergrund ist eine Küche zu sehen. Ich muss ihn überrumpelt haben.

"Ander", antworte ich und streiche mir mit der Hand durch die Haare. "Ich wollte dir ein kurzes Update über die Omega geben. Ist jetzt ein guter Zeitpunkt?" Die Anspannung steigt in mir auf, dass er kein neues Mädchen anstelle von Meira akzeptieren wird.

Eine Frauenstimme murmelt im Hintergrund des Videos.

"Nein, bleib", beharrt Ander und dreht sich um, um jemanden an seiner Seite anzusehen. "Bitte", sagt er leise.

Die sanfte Seite von Ander überrascht mich, denn so habe ich ihn noch nie erlebt, wenn wir miteinander zu tun hatten. Er hat sich immer unter Kontrolle, eine Eigenschaft, die jeder Alpha haben sollte.

Als er mich ansieht, hebe ich eine Augenbraue

aus reinem Verständnis dafür, dass nur ein Weibchen das Herz eines Alphas erweichen kann. "Fang nicht damit an", murmelt er zu mir, dann konzentriert er sich wieder auf jemanden außer Sichtweite und streckt seinen Arm nach ihm aus.

Ich kann nicht anders, als ihn anzugrinsen, wohl wissend, dass, so sehr Alphas auch versuchen, diese Machtpositionen zu halten, wir alle auch unsere Momente der Schwäche haben können.

Mein Blick wendet sich zu einer Frau, die ins Blickfeld tritt. Ihr kastanienbraunes, noch nasses Haar ist über ihre Schulter drapiert. Das Kleid, das sie trägt, hängt locker über ihre kleine Gestalt. Als sie mich ansieht, sehe ich nur blaue, stechende Augen. Sie ist hinreißend.

"Das ist der Alpha des Shadowlands-Sektors", sagt Ander und zieht die Frau auf seinen Schoß. "Dušan, das ist meine Katriana."

Es ist schön zu sehen, dass Ander seine Omega gefunden hat. Sie zusammen zu sehen, bringt Erinnerungen an Meira und mich letzte Nacht zurück. Mit ihr klopft mein wildes Herz aufgeregt, um sie wieder zu besuchen, um sie jede Nacht in mein Bett zu nehmen, bis ihre Wölfin sich zeigt.

"Schön, deine Bekanntschaft zu machen, Katriana."

"Ebenfalls", antwortet sie, dann räuspert sie sich. "Rumänien, richtig?"

"Das, was früher einmal Rumänien war, ja." Ich schenke ihr ein Lächeln, und alles, was ich mir vorstellen kann, ist Meira, die in meinem Zimmer auf mich wartet. "Es tut mir leid, dich und deinen Alpha zu unterbrechen, aber ich habe ihm für heute ein Update versprochen."

"Das hast du in der Tat", stimmt Ander zu und küsst Katrianas Nacken.

Ich wende meinen Blick ab bis er fertig ist und lasse meine Gedanken zu der Zartheit von Meiras Haut unter meinen Lippen wandern. Wie ich einen Weg finden muss, ihre Wölfin sicher zu befreien, damit sie ihren Platz an meiner Seite einnehmen kann. Sie ist meine Gefährtin, und jetzt muss ich ihr helfen. Je länger ihre Wölfin in Schach gehalten wird, desto mehr Sorgen machen sich in meinem Bauch breit. Das Überleben von Mischlingen ist schwierig ... nicht unmöglich, aber verdammt schwierig. Ich verdränge diese Gedanken und weigere mich, die Möglichkeit überhaupt in Betracht zu ziehen.

"Wie hoch ist die Sensibilitätsstufe bei unserem Thema?" Ander fragt, um meine Aufmerksamkeit zu erregen.

"Grün." Ich verstehe sofort, dass er nicht will, dass seine Omega alle Details unseres Handels erfährt.

"Fahr fort", murmelt er und schlingt seine Arme um die Omega in seinem Schoß.

"Wir haben deine zehnte versprochene Wölfin gefunden, aber es gibt eine Komplikation. Ich muss das Produkt austauschen, damit es besser passt." Ich beobachte die Reaktion des Alphas, da ich nicht will, dass dieser Vorfall das ruiniert, was wir aufgebaut haben.

Er runzelt die Stirn. "Was für eine Art von Komplikation?"

Ich starre ihn lange an und überlege, wie ich es am besten erklären kann, ohne zu viele Details zu verraten. Schließlich sage ich: "Eine ähnliche wie deine jetzige Situation."

Seine Augenbrauen heben sich. "Oh." Die Art und Weise, wie er mich aufmerksam ansieht, die Falten in seinen Augenwinkeln, zeigt mir, dass er mich versteht. "Nun, dann ist es richtig. Ein Ersatz ist akzeptabel. Wie schnell wirst du sie transportieren?"

"In zwei Tagen, es sei denn, du brauchst sie schon früher."

Ein kurzes Kopfschütteln von ihm. "Zwei Tage ist perfekt. Wir haben an diesem Abend ein geselliges Beisammensein geplant, um deine Wölfinnen meinem Rudel vorzustellen. Vielleicht können Mad und Caspian für die Feierlichkeiten bleiben, bevor sie zu dir zurückkehren?"

Es liegt ein Eifer in seiner Stimme, der mir sagt,

dass er seine Gastfreundschaft als Bestätigung dafür anbietet, dass er auch in Zukunft mit mir handeln möchte. Und das ist genau das, was ich brauche. Vielleicht ist die Einladung der beiden, bei den X-Clan-Wölfen zu bleiben, nicht völlig umsonst.

"Es wäre ihnen eine Ehre, zu bleiben", sage ich. "Ich danke dir, Ander."

"Dir auch, Dušan."

"Und schön, dich kennenzulernen, Katriana", schließe ich in einem leiseren Ton, bevor ich den Anruf beende.

Meira

In Dušans Schlafzimmer eingesperrt zu sein, macht mich verrückt, und vermisse ihn schrecklich. Obwohl es Tage her ist, dass ich Lucien gesehen habe, denke ich auch ständig an ihn. Der Kuss, den wir erlebt haben, bleibt bei mir, ebenso wie die Frage, warum er sich von mir zurückzieht.

An der Tür steht eine Wache, die mich daran hindert, mich hinauszuschleichen. Jetzt sitze ich hier fest mit einem Verlangen, das so schlimm in mir brennt, dass es mich nicht mehr verlässt.

Dušan besteht darauf, dass sein Bissmal und unser Sex mich nur für ein paar Tage wie ein beanspruchtes Weibchen für andere Wölfe riechen lässt. In mir breitet sich Vorfreude auf seine Rückkehr aus.

Nur die Sorge kräuselt ständig meine Brust. Warum ist meine Wölfin nicht herausgekommen?

Was, wenn sie es nie tut? Was ist, wenn die Krankheit jedes Mal, wenn sie zurückkommt, schlimmer wird, bis sie mich schließlich tötet? Ich habe noch nie Blut gespuckt. Ich weiß, dass etwas nicht stimmt - ich fühle es in meinen Knochen. Also hat Dušan recht, wenn er versucht, meine Wölfin aus mir herauszuholen, um meine menschliche Seite zu zähmen, die die Krankheit in sich trägt. Verwandlungen heilen alle Krankheiten, die sich Wandler zugezogen haben.

Ich drehe mich um und gehe durch den Raum, bevor ich auf das Bett krieche. Ich fühle so viele Emotionen in mir, von Angst über Wut bis hin zu dem verzweifelten Wunsch, meinen Alpha in meiner Nähe zu haben. Seine Markierungen haben etwas zwischen uns geöffnet.

Die Kissen und Bettlaken tragen Dušans maskulinen, holzigen Duft, der mit Pheromonen gefüllt ist. Der Geruch seines Samens und meiner Erregung bleibt ebenfalls haften. Ein Instinkt erwacht in mir, und mein Inneres krampft sich vor Verlangen zusammen. Ich schließe die Augen und ziehe mich in mich zusammen, will mich in seinem Geruch ertränken. Feuchtigkeit sammelt sich zwischen meinen Schenkeln, weil mich das Verlangen nach Dusan erfasst.

Es gibt jetzt keinen Zweifel mehr, dass er mein Schicksalsgefährte ist. Mein Körper und meine Wölfin sehnen sich nach ihm, schreien nach ihm. Meine Atemzüge verkrampfen sich in meiner Lunge und eine brennende Hitze durchströmt mich. So lange habe ich versucht, zu ignorieren, was ich war - eine Omega, ein Wandler, der unbedingt seinen Gefährten finden wollte, ein Halbblut, das in größeren Schwierigkeiten steckte, als ich je gedacht hätte.

Dušans Duft durchdringt mich, und ich fühle mich, als würde ich platzen vor lauter Schmerzen in meinem Bauch. Ich schiebe mich aus dem Bett, ich brauche frische Luft, irgendetwas, um mich zu beruhigen.

Ein Klopfen ertönt an meiner Tür, bevor sie aufschwingt.

Die Haare in meinem Nacken sträuben sich und ich stehe da, halb in Erwartung von Dušan.

Aber es ist Lucien, der eintritt. Seine Nasenlöcher blähen sich mit einem tiefen, zittrigen Einatmen, und etwas glitzert in seinen Augen. Er kann mein Verlangen riechen, mein Bedürfnis, und auch das seines Alphas.

"Ich musste dich sehen", sagt er, seine Stimme tief

und rau, als ob er mit seinen Gefühlen kämpft. "Ich habe versucht, mich fernzuhalten", gibt er zu, die Mundwinkel ziehen sich zusammen.

Ich kann das Lächeln auf meinem Gesicht nicht zurückhalten, jetzt, wo ich ihn sehe und ich bemerke, wie sehr ich ihn vermisst habe. "Ich brauche etwas frische Luft", flehe ich, während ich näher trete.

Er nickt und streckt seine Hand nach mir aus. Ich nehme sie an, und in dem Moment, in dem sich unsere Hände berühren, erwacht das Verlangen wieder zum Leben, so wie es vor ein paar Tagen beim Frühstück war.

Unsere Blicke kreuzen sich. Er spürt es auch, so wie er die Anziehung zwischen uns gespürt hat, als wir uns das erste Mal trafen.

Seine Finger schlingen sich um meine, und er führt mich schnell hinaus in die Halle. Die Wache, die dort steht, beobachtet mich und sagt kein Wort.

Das Nächste, was ich weiß, ist, dass Lucien und ich den Gang hinunterlaufen, meine Wölfin mit Adrenalin angeheizt - mit dem Bedürfnis zu jagen. Lucien blickt zurück zu mir, dieser Hunger peitscht über sein Gesicht. Ich habe mich noch nie so gefühlt.

Ich sollte Angst haben und mich schämen, weil ich mit Lucien zusammensein will, während mein Körper sich nach Dušan sehnt. Ich bin eine Omega geworden, die sich mit dem Alpha der Ash-Wölfe gepaart hat, aber ihre Instinkte und Reaktionen nicht kontrollieren kann.

Kehr um!, schreie ich in meinem Kopf, aber meine Wölfin übernimmt das Kommando. Die Sehnsucht kommt in Wellen, und mein Geruch von Angst paart sich mit ihr. Trotzdem halten wir nicht an. Nicht, als wir aus der Festung ausbrechen, nicht, als wir in den dichten Wald innerhalb der Siedlung stürmen, und nicht, als Luciens Kleidung von seinem Körper reißt, als sich sein Körper verwandelt.

Klare Luft streicht über mein Gesicht. Ich atme tief ein und beobachte mit Ehrfurcht. Sein Körper dehnt sich aus, seine Knochen knacken, seine Haut platzt auf. Tiefbraunes Haar explodiert über seine Wolfsgestalt. Auf vier Beinen läuft er neben mir her. Er ist riesig, reicht leicht bis zu meiner Taille, und ist absolut atemberaubend.

Elektrizität jagt meine Wirbelsäule hinauf.

Meine nackten Füße berühren den Boden. Ich spüre die Kieselsteine oder Zweige nicht, auf die ich trete. Nur das Hochgefühl, das mich durchströmt, die Kraft, die mich antreibt. Fühlt es sich so an, wenn man die Gestalt eines Wolfes annimmt?

Ich ertrinke in dem Rausch meiner Wölfin - dem Urinstinkt, der Wildheit, der Vertrautheit. Das ist es, wozu ich bestimmt bin. Frei wie ein Wolf, mich nicht in Bäumen und vor meiner wahren Gestalt versteckend.

Es trifft mich so hart ... ein Gefühl, das ich noch nie zuvor erlebt habe.

Als wir endlich die Spitze des Hügels erreichen, wo der Metallzaun unseren Weg versperrt, bleiben wir stehen.

Ich schnappe nach Luft und sinke auf die Knie, halb lachend, halb versuchend, meine Lungen zu füllen. "Das ist unglaublich. Wie konnte ich mich nur noch nie so fühlen?"

Lucien in seiner Wolfsgestalt rollt sich um mich herum, sein Blick verengt sich. Ich strecke zaghaft die Hand aus und fahre mit den Fingern durch sein üppiges, dichtes Fell. Es fühlt sich fast weich an, und seine Haut steht in Flammen.

Er reibt sich über meinen Rücken, während er mich weiter umkreist. Meine Wölfin wühlt in mir. Sie ist genau da, winselt nach ihm, drückt sich gegen mich, um sich zu befreien. Ich spüre sie jetzt stärker, als würde sie direkt unter meine Haut gleiten, verzweifelt aus mir ausbrechen wollen.

Ich atme leicht und öffne mich, wie ich es letzte Nacht mit Dušan getan habe. Ein Schmerz kommt mit der Konzentration, und er gräbt sich tief in meinen Bauch. Ich schließe die Augen und drücke sie fest zusammen. Mein Herz hämmert, Schweiß rinnt mir den Rücken hinunter. Innerlich fühle ich mich verdreht und gefangen.

Eine weiche Hand streicht über mein Gesicht, und ich schlage die Augen auf.

Lucien kniet nackt vor mir, und alles, was ich sehen kann, ist dieser große, mächtige Alpha, ein Prachtexemplar, das mich berührt. Ich ertrinke in seinem holzigen, maskulinen Duft. Dieser wunderschöne Mann starrt mich an, als würde er mich mit seinem Blick inhalieren.

"Was ist mit mir los?" Ich schlucke einen zittrigen Atemzug herunter.

"Deine Wölfin ruft nach meinem ... Ich kann Dušan überall an dir riechen, aber das ist mir egal. Da ist keine Eifersucht, nur der Hunger, dich als mein Eigentum zu beanspruchen."

Ich blinzle ihn an. *Sein!*

Ich will ihn fragen, ob er mit mir spielt, aber ich spüre das Gefühl auch. Die innige Vorfreude, nach ihm zu greifen und ihn zu küssen, wie ich es bei unserem ersten Kuss gewollt hatte. Mein Puls rast, weil mein Körper ihn begehrt, während mein Gehirn mir sagt, ich solle ihn wegstoßen. Dieses hinterhältige Grinsen aus seinem Gesicht zu wischen.

Die Unfähigkeit, meine Wölfin zu entfesseln, plagt mich - sie macht mir Angst - aber ich weiß nicht, wie ich mich dabei fühle, von zwei Alphas beansprucht zu werden. Ich kämpfe schon genug mit Dušans Dominanz und wie mein Körper um ihn herum schmilzt - wie mein Verstand nicht mein eigener ist.

Eine kühle Brise weht über uns. Meine Welt dreht sich, während mein Herz schnell schlägt. Ich versuche, dagegen anzukämpfen, und beiße mir auf die Lippe, um mich zurückzuhalten.

"Du kannst nicht dagegen ankämpfen", sagt Lucien, seine Stimme ist schwer und tief. Er greift nach mir, seine Hand umklammert meinen Rock.

Ich kann nicht atmen, weil wir uns so nahe sind. Ich bin so nervös darüber, was das für uns bedeutet ... für mich ... für meine Wölfin.

Er erhebt sich und thront über mir. "Ich werde dich nehmen", sagt er.

Meine Stimme funktioniert nicht, die Worte kommen nicht, weil ich mir selbst nicht zutraue, etwas anderes als *Ja* zu sagen. Aber mein Körper gibt ihm die Antwort, nach der er sucht. Meine Brust hebt sich, als hätte ich keine Kontrolle mehr über meinen Körper, meine Brustwarzen spannen sich an und drücken gegen den Stoff meines zugeknöpften Kleides.

Er greift nach dem Stoff über meiner Brust und reißt ihn dann auseinander. Die Knöpfe fliegen wild in alle Richtungen wie Hagel.

Ich zucke vor seiner Aggression zurück, während mich Hitze angesichts seiner Dominanz durchströmt.

Ich trage keine Unterwäsche, denn das letzte Paar wurde von Dušan zerrissen, also bin ich darunter völlig nackt.

Luciens Blick fällt an meinem nackten Körper hinunter, über meine Brüste, zu meinem Bauch, dann zum Scheitelpunkt zwischen meinen Schenkeln. Er gibt einen gutturalen Laut von sich, der meine Hitze noch mehr anheizt.

Unsere Münder prallen aufeinander, Feuer explodiert zwischen uns, und ich bin verloren.

"Nimm mich", dränge ich, die Verführung füllt jeden Zentimeter von mir. "Bitte."

Seine Zunge leckt über meine Lippen, starke Hände fahren meinen Rücken hinunter und zu meinen Arschbacken, um sie auseinanderzudrücken. Wir küssen uns hungrig. Ich schlinge meine Arme um seinen Hals und drücke mich näher an ihn. Hitze schmilzt in meinem Inneren, und ich spüre, wie die Feuchtigkeit an meinen Innenschenkeln herunterläuft.

Sein Mund liegt auf meinem Hals, eine große Handfläche auf meinen Brüsten, er drückt zu, bis es wehtut. Ich knurre und fletsche die Zähne bei der sich steigernden Hitze.

Eine Hand gleitet zwischen uns hinunter und bedeckt mein Geschlecht. Ich stöhne, sehne mich danach, dass er in mir ist, dass ich diesen dicken Schaft in mir spüre.

Finger gleiten über meine Hitze. Sein Mund ist auf meinem, seine Zunge schiebt sich zwischen meine Zähne, und ich nehme alles von ihm. Er schiebt zwei Finger in mich hinein, und ich schreie wie unter einem sexuellen Bann, der mich erfasst hat.

"Bitte, Lucien, fick mich." Die Intensität ist unerträglich, meine Haut brennt, mein Magen zieht sich zusammen.

Er ergreift die Rückseite meiner Oberschenkel und hebt mich von den Füßen. Unsere Düfte sind so stark, so mächtig. Ich schlinge meine Beine um seine Hüften und lege meine Arme fest um seinen Hals, während ich mich an ihn klammere. Er führt uns zu einem schrägen Teil des Hügels, bevor er sich mit unglaublicher Kraft auf die Knie senkt. Er legt mich auf den Boden, und ich lehne mich zurück, während er meine Beine weiter spreizt. Sein Blick fällt auf meine Feuchtigkeit.

"Verdammt schön und ganz meins." Er beugt sich hinunter und presst seinen Mund ohne Umschweife auf meinen bebenden Kern.

Ich stöhne, mein Rücken wölbt sich, als er immer wieder über meine Länge leckt, dann taucht seine Zunge in mich ein. Spannung baut sich in mir auf und steigert sich, entlädt sich in einem Schrei. Ich halte mich an einer Handvoll Gras fest, während ich auf seinem Gesicht reite und meine Hüften hin und her schaukeln. Ein Knurren dröhnt aus meiner Kehle in die Luft. Es windet sich um uns herum, fesselt uns.

Meine Muskeln spannen sich an, weil sich die Spannung in meinem Bauch zusammenzieht.

"Komm für mich", beharrt er. In dem Moment, in dem sich sein Mund über meine Falten legt und daran saugt, verliere ich die Kontrolle.

Ein Sturm tobt durch mich, als der Orgasmus mich einholt.

Lucien zwingt meine Beine weiter auseinander. Eine Schärfe senkt sich in die Innenseite meines Oberschenkels, der Schmerz flammt in mir auf und kollidiert mit dem Höhepunkt. Doch irgendwie fügen sich diese Empfindungen zu einem perfekten Gefühl zusammen, das mich besitzt, mich streichelt, mich wärmt, mich erfüllt.

"Öffne deine Augen", befiehlt er, seine Dominanz schneidet durch mich hindurch.

Ich tue, was er verlangt, und hebe meinen Blick zu ihm. Er starrt mich mit einer solchen Hingabe an, so beschützend. Sein Kinn und seine Lippen glänzen von meiner Feuchtigkeit, und ein Blutstropfen rollt aus seinem Mundwinkel.

Angst erfasst mich.

"Du hast mich markiert?" Er hat sich in meine Haut eingeprägt, hat mein Blut genommen. Wie können wir in so kurzer Zeit gebunden sein? So schnell? Ich will mich zurückziehen und verstecken, während mein Körper mich anfleht, zu bleiben, wo ich bin, mich ihm an den Hals zu werfen.

Er schiebt sich zwischen meine Beine. "Natürlich. Konntest du nicht spüren, dass unsere Wölfe Schicksalsgefährten sind? Ich habe versucht, dagegen anzukämpfen, aber es hat mich umgebracht, so lange von dir getrennt zu sein."

Bevor ich seine Worte überhaupt verstehen kann, schiebt er die Spitze seines Schwanzes in mich hinein. Ich spanne mich an, da ich seine Größe bereits spüre.

"Lass mich rein."

Tief atmend bewege ich meine Hüften, um seinen Umfang besser aufnehmen zu können, während ich mich in seinen stahlgrauen Augen verliere. Sie rufen nach mir und ich lasse mich fallen, während er in mich gleitet, mich ausfüllt und dehnt. Er lehnt sich vor, seine Hände drücken sich auf beiden Seiten meiner Schultern in den Boden. Er ist riesig, und es ist aufregend, von einem so großen Mann beansprucht zu werden.

Flüssige Hitze dringt aus meinem Inneren, was ihm hilft, schneller in mich einzudringen. Ich krümme meine Zehen, als er ganz hinein stößt. Ich kann kaum atmen, sein Schaft füllt mich komplett aus.

Mein Herz schlägt gegen meine Brust, als er sich

in mich hineinschiebt und wieder herauszieht, immer schneller, und die Reibung entfacht ein Feuer zwischen uns.

"Ich werde dich wieder und wieder nehmen - bis du nicht mehr geradeaus laufen kannst, bis du erkennst, wie viel du mir bedeutest. Wie sehr du für uns beide bestimmt bist ... bis wir dir helfen, deine Wölfin aus dir hervorzulocken."

Seine Worte werden kaum registriert, während mein Körper vor Lust pulsiert. Ich stöhne bei jedem Stoß, aber ich mache mir keine Illusionen, dass ich irgendwie zwei Schicksalsgefährten gewonnen habe. Ich habe schon von Männern gehört, die mehrere Frauen haben, aber nicht umgekehrt.

Lucien fickt mich, stößt in mich hinein. Ich winde mich unter ihm und ein Schauer überläuft mich.

Mein Geschlecht bebt, jede Zelle in meinem Körper pulsiert. Er beugt sich tiefer und streicht mit der Zunge über meine harte Brustwarze, schnippt sie an. Ich schreie auf, das Verlangen staut sich in meinem Bauch.

Dann spüre ich, wie er in mir wächst.

Ich erstarre, als er aufhört, in mich zu stoßen, aber er bleibt über mir und begegnet meinem Blick.

"Du verknotest uns, nicht wahr?"

Trotzdem lässt mich mein Bedürfnis, näher an ihn heranzukommen, mich gegen ihn stemmen.

Jedes Mal, wenn er sich bewegt, fließt Feuchtigkeit aus mir heraus.

Seine Augen rollen zurück in seinen Kopf, ein Knurren kommt von seinen Lippen. Sein Mund verzieht sich, sein Körper zittert bei der Intensität dessen, was kommt. Ein Knurren entringt sich seiner Kehle.

Ihn so angeschwollen in mir zu haben, lindert meinen Schmerz; die scharfen Laute ersticken mich und graben sich in mein Fleisch.

"Du bist so eng."

Meine weichen Innenwände pulsieren gegen seinen verknoteten Schwanz, quetschen ihn aus.

Er brüllt, seine Brust bläht sich auf, seine Haut glänzt mit einem Schimmer von Schweiß. Ich bewundere die Art, wie er aussieht, wenn er in Euphorie schwebt. Seine Lippen legen sich auf meine Brustwarze, und er nimmt mich in den Mund und saugt kräftig daran. Das gleiche Vergnügen und der gleiche Schmerz verschlingen mich. Mein eigener Höhepunkt schiebt sich noch einmal vor, baut sich auf, zieht sich zusammen. Dann bricht er so schnell über mich herein, dass meine Sicht verschwimmt.

Der Orgasmus zerreißt mich. "Lucien!"

Er bricht in ein gieriges Knurren aus, seine Hüften bewegen sich immer wieder leicht, während er in mir pulsiert. Ich spüre die Wärme, die Ströme,

die sich mit meinem eigenen Höhepunkt vermischen. Ich erzittere unter ihm, als er immer weiter
kommt. Das ist die Sache mit Alphas - sie
produzieren eine wahnsinnige Menge an Samen, der
mich komplett ausfüllt.

Meine Euphorie klingt langsam ab und ein
Schmerz trifft mich in der Brust. Es hat nichts mit
meiner Krankheit oder der Wölfin zu tun, sondern
mit der Erinnerung daran, dass der Grund, warum
Alphas sich verknoten und so viel Samen
produzieren, der ist, dass die Wahrscheinlichkeit,
ihre Partnerinnen zu schwängern, höher ist.

Ich bleibe still, Lucien immer noch in mir. Er
beobachtet mich die ganze Zeit, aber seine
Gedanken sind immer noch in seinem eigenen
Orgasmus gefangen, ich sehe es in seinen Augen. Er
bleibt in mir, bis sein Knoten so weit entspannt hat,
dass er ihn sicher herausziehen kann.

Nach einer Weile gleitet er vollständig aus mir
heraus.

Ich breche auf dem Gras zusammen, mein
Körper schmerzt und mein Herz rast. Feuchtigkeit
und Samen rinnen aus mir heraus, und ich kann im
Moment nichts dagegen tun. Als ich zu Lucien
hinüberschaue, sehe ich so viel mehr als einen
Alpha, der seinem Instinkt folgen muss.

Er nimmt mich in den Arm und drückt mich an
seine starke Brust. Ich klammere mich an ihn, atme

seinen Geruch ein, höre seinen Herzschlag in seiner Brust pochen. Es sollte mir peinlich sein, hier draußen nackt zu sein und gerade Sex in der Wildnis gehabt zu haben. Aber in Luciens Armen fühle ich mich sicher und beschützt. In meinem Kopf dreht sich immer noch alles und ich versuche, meine Gefühle und Gedanken zu ordnen.

Ich schaue auf die verheilte Narbe über seinem Schlüsselbein.

"Wie fühlst du dich?", fragt er, während er mir lose Strähnen aus der Stirn streicht.

"Als ob ich von einem Tornado getroffen worden wäre." Ich grinse und lache halb. "Aber ich verstehe das nicht. Wenn ich jetzt von zwei Alphas markiert worden bin, warum hat meine Wölfin noch nicht versucht, herauszukommen?"

Er küsst meine Stirn. "Du musst bedenken, dein Körper hat sich daran gewöhnt, dass sie in dir bleibt. Er klammert sich daran."

Ein Schaudern des Grauens zerrt an meinen Nerven. "Und was ist, wenn sie nie wieder herauskommt? Dann bleibe ich, wie ich bin. Ich habe das mein ganzes Leben lang so gelebt, und es geht mir gut."

Ich kann kaum noch klar denken, da mein Körper noch immer von unserem Sex summt. Aber wenn sie nicht rauskommt, dann kann ich damit leben. Die Frage ist ... werden die Alphas das auch können?

"Wie lange bist du schon krank?", fragt er mit Autorität in seiner Stimme.

Ich sehe zu Boden, aber er hebt mein Kinn an, damit ich ihn ansehe. "Meira, wie lange?"

"Mein ganzes Leben", flüstere ich, als ob es leise zu sagen die Wahrheit verbergen würde. "Meine Wölfin hat die Übelkeit zurückgehalten."

"Und hast du schon immer Blut erbrochen?" Sein Blick hält meinen fest.

Ich blinzle ihn an, meine Stimme verschwindet. "Ich will nicht darüber reden", stoße ich hervor. Ich winde mich, um mich aus seiner Umklammerung zu befreien. Ich stehe auf und greife nach meinem zerrissenen Kleid, schiebe meine Arme durch die Ärmel und ziehe es eng um meine Brust, da alle Knöpfe fehlen. Warmer Feuchtigkeit rinnt an meinen Schenkeln herunter, und ich muss mich waschen.

"Meira." Er ergreift meinen Arm und zwingt mich, mich ihm zuzuwenden. "Wenn du immer kränker wirst, was passiert dann, wenn deine menschliche Seite komplett aufgibt?"

Mein Blick senkt sich auf meine nackten Füße, und mein Herz zersplittert. Ich hebe den Kopf und halte mich fest, setze ein tapferes Gesicht auf, weil ich Angst vor dem Sterben habe. "Meine Mama hat mir immer gesagt, dass ich keine Angst vor dem Tod haben muss. Dass er für jeden von uns kommt." Ich erblasse bei der Erinnerung daran, dass ich sie verloren habe und dass es mit mir vielleicht nicht mehr lange dauern wird.

Ich schlucke hart und wende mich von ihm ab, aber er fängt mein Handgelenk ein und zieht mich zurück zu ihm. Meine Hände zucken aus Instinkt nach vorne und pressen sich gegen seine feste Brust.

Sein Gesichtsausdruck ist wütend, und seine Augen sehen glasig aus. "Weißt du, was passiert, wenn du stirbst?", bellt er, und ich zittere in seinem Griff. "Es sind die Menschen wie ich, die zurückbleiben, die am Ende leiden, die jeden Tag um den Tod beten. Das Schicksal kann mir das nicht noch mal antun."

Warte, was? *Noch mal?*

14

Lucien

"W en hast du verloren?" Meiras zärtliche Worte berühren mich mehr, als sie sich je vorstellen könnte. Meira steht da, hat ihr blaues zerrissenes Kleid um ihren Körper gezogen und umklammert den Stoff an ihrer Brust.

Sie starrt mich an und wartet auf meine rührselige Geschichte. Wir alle haben eine in dieser gottverlassenen Welt. Sie nennen uns Überlebende, aber das sind wir nicht. Wir sind die Unglücklichen, die erleben dürfen, wie es ist, in einer heruntergekommenen Welt zu leben, die uns tot sehen will.

"Es ist nichts. Mach dir keine Gedanken darüber. Ich hätte nichts sagen sollen." Ich lecke mir über die Lippen und fange an, die losen Knöpfe aus dem Grünzeug um uns herum zu klauben. Ich habe ihr Kleid zerrissen, also ist das das Mindeste, was ich tun kann.

"Ich habe meine Mutter verloren", beginnt sie, ihre Stimme zittert. "Ich war vierzehn, als sie die Siedlung angriffen. Ich war die Einzige, die überlebt hat, also weiß ich, wie es sich anfühlt, zurückgelassen zu werden."

Als ich aufstehe und mich zu ihr umdrehe, steht sie direkt neben mir, ihre Augen sind von Herzen kommend und glitzern im Sonnenlicht. "Meine Mama war alles, was ich auf der Welt noch hatte", sagt sie. "Und ich war gezwungen, allein in den Wäldern zu leben und jeden Tag einen Weg zu finden, um zu überleben."

Meine Kehle schnürt sich zu und mein Mund wird trocken.

"Wie kannst du nach all dem immer noch so nett und bei klarem Verstand sein?", frage ich. "Ich habe immer noch Albträume von den Dingen, die ich gesehen habe. Ich versuche mir immer noch einzureden, dass die Dinge eines Tages wieder normal sein könnten. Auf diese Weise versuche ich zu überleben, indem ich mich selbst belüge. Und jetzt sag mir, dass das nicht abgefuckt ist." Ich blicke in den Himmel und blinzle heftig. Cataline, meine Seelenverwandte, die ich an die Infizierten verloren habe, hat aufgehört, meine Träume zu besuchen, aber der Schmerz, in zwei Hälften gerissen zu werden, hat mich nie verlassen. Es erinnert mich daran, dass nichts für immer ist. Dass zu viel Nähe eine Katastrophe ist, die nur darauf wartet, zu passieren. Vielleicht war ich leichtsinnig und verzweifelt, vielleicht ist zu viel Zeit vergangen, um mich an den Schmerz zu erinnern, dem ich vor so langer Zeit entkommen bin.

Ich schaue hinunter auf ihre Hand auf meiner, auf die dünne verheilte Narbe von meinem inneren Handgelenk bis zu meinem Ellbogen.

Sie streckt ihre Hand aus und ihr sanfter Finger findet meinen Unterarm. Sie kommt mit einem Adrenalinstoß, mit Pheromonen, mit dem rohen, ursprünglichen Instinkt, der Wandler antreibt.

Ich habe den Verdacht, dass sie keine Ahnung hat, wie tief eine Paarung ist. Wie sehr sich ihr Leben um das ihres Partners drehen wird, und dass es schmerzhaft sein wird, sich zu weit von ihm zu entfernen.

"Du kannst mit mir reden", murmelt sie.

Ich lasse meine Hand in ihre gleiten, unsere Finger sind ineinander verschlungen, und ziehe sie in einen Weg. "Das gilt in beide Richtungen, meine kleine Wölfin. Wie wäre es, wenn wir dich jetzt waschen und dann etwas essen, denn ich habe einen Bärenhunger. Dann können wir bis spät in die Nacht reden. Wie hört sich das an?"

Sie wirft mir ein süßes Grinsen zu, als glaube sie nicht, dass wir die ganze Nacht reden werden, aber vielleicht ist das meine Chance, offen mit meiner Vergangenheit umzugehen. Um sie dazu zu bringen, mehr über ihre Krankheit zu reden, denn ich vermute, dass das etwas damit zu tun haben könnte, warum ihre Wölfin steckenbleibt.

"Nun, ist das ein *Ja* zu meinem Angebot?", frage ich und ignoriere den Teil in meinem Kopf, der mir sagt, dass ich lieber früher als später mit Dušan sprechen sollte.

Aber als Meira unter einem Farnbaum steht und mich anschaut und der Wind ihr Kleid aufreißt und ihren köstlichen nackten Körper enthüllt, hämmert mein Herz in meiner Brust.

Schnell greife ich nach dem Stoff und ziehe ihn zurück über ihren perfekt geschwungenen Körper, und sie hält ihn mit ihren kleinen Händen fest.

"Was würde passieren, wenn man einen Weg finden würde, jeden in diesem Rudel gegen die Untoten zu immunisieren?"

Ihre Frage überrumpelt mich.

"Also, du weißt schon ... stell dir vor, jeder würde frei leben, ohne Angst vor den Infizierten", sagt sie.

Meine Gedanken gehen sofort zum X-Clan, der immun gegen die Infizierten ist.

Sie fährt fort: "Ich denke daran, wie viele Leben gerettet werden könnten. Wie man in den Wald gehen kann, um zu jagen, ohne sich in Gefahr zu begeben." Sie zuckt mit den Schultern. "Ich weiß es nicht. Ich denke einfach nur laut. Dumme Gedanken, wirklich." Ich entdecke einen Hauch von Ärger in ihrer Stimme.

"Du hast ein schönes Herz, Meira. Und du willst meine ehrlichen Gedanken wissen?"

Sie nickt eifrig und sieht mich erwartungsvoll an.

"Wenn es ein solches Elixier gäbe, würde der Kampf um die Kontrolle darüber in Blutvergießen enden."

Sie versteift sich und ihr Lächeln löst sich auf, als ihr klar wird, wie leicht eine solche Macht die Wölfe in den Krieg führen könnte.

Schatten drängen sich in ihre Augen, als sie zu Boden blickt und mit dem Kopf nickt. "Ich würde gerne glauben, dass Wölfe besser sind als das, du nicht?"

Die bösartigen Kämpfe, die ich zwischen den Wandlern um die einzige Position des Alphas eines Rudels gesehen habe, die Ränke in der Hierarchie, der Schmerz, den so viele verursachen, um voranzukommen, sind keine Hinweise auf eine Gesellschaft, die harmonisch funktionieren würde.

Unter einer strengen Herrschaft wie der von Dušan ist es möglich, aber es macht unsere Festung zu einem Ziel für jedes Rudel da draußen. Wir bräuchten einen Ort, der uns unantastbar macht.

"Vielleicht, und ich hoffe wirklich, dass du recht hast", antworte ich. "Aber zuerst müssetn wir dieses Heilmittel finden, richtig? Lasst uns reingehen." Wir schlendern durch den Wald innerhalb des Siedlungsgeländes, wobei Meira besonders ruhig bleibt. Ich habe so viele Dinge, die ich sie fragen möchte, über ihre Vergangenheit, über Dinge, die sie mag, und wir haben jetzt Zeit, uns kennenzulernen.

Als wir drinnen sind, gehen wir die Treppe hinunter und erreichen schnell das Gemeinschaftsbad. Drinnen stehen zwei weibliche Betas im dampfenden Wasser. Sie verneigen sich bei meiner Ankunft und plaudern weiter. Ich führe Meira zu den Duschen im hinteren Teil des Raumes und vergewissere mich zunächst, dass der Bereich leer ist.

"Ich werde hier draußen Wache halten. Da drin sind frische Handtücher. Ich werde auch jemanden bitten, dir ein paar Klamotten zu bringen."

Sie tritt auf mich zu und hat einen Gesichtsausdruck, als wolle sie mich etwas fragen. Vielleicht deute ich die Signale falsch, aber die Worte kommen mir über die Lippen. "Du willst, dass ich dich begleite?"

Ein halbes Glucksen ist ihre Antwort, während

sie hineinschlendert und in einer Duschkabine verschwindet.

Ich schaue in ihre Richtung und kratze mich am Kopf. Ist das ein Ja?

Dušan

"Ander", antworte ich auf den Anruf, während ich in meinem Ledersessel am Schreibtisch sitze.

Der X-Clan-Alpha begrüßt mich nicht, sondern starrt mich nur durch das Comm an. Er ist nicht allein, denn einer der Seinen steht in der Nähe. Irgendetwas stimmt nicht, und die Spannung in meinem Magen verhärtet sich.

"Es wurde mir zugetragen, dass dein Zweiter und Caspian zwölf Ampullen meines Serums genommen haben, um X-Clan-Wölfe zu erschaffen", sagt Ander schließlich überraschend ruhig.

Ein kalter Schauer durchfährt mich. "Ich werde sie verdammt noch mal umbringen!", platze ich heraus und bedauere, so leicht die Kontrolle verloren zu haben. Ich reiße mich zusammen und stütze mich ab. Ihr Handeln trifft mich wie ein Schlag in den Magen. Ich werde Mad umbringen. Ich hätte ihm nie trauen dürfen. Ich hätte verlangen sollen, dass er nach Hause zurückkehrt, sobald sie die Lieferung gemacht haben.

Gedanken überschlagen sich in meinem Kopf, was Mad mit dem Serum vorhat. Anders Team benutzt das Serum, um aus Menschen X-Clan-Wölfe zu machen.

Ich rutsche unbehaglich auf meinem Stuhl herum und antworte: "Ander, ich weiß nichts davon, ich schwöre bei meinem Leben, das wurde nicht unter meiner Leitung koordiniert." Ein Knurren grollt in meiner Brust, meine Hände verkrampfen sich an meiner Seite. "Was Mad und Caspian getan haben, geschah aus eigenem Antrieb. Ich würde unsere Beziehung niemals auf diese Weise aufs Spiel setzen."

Seine goldenen Augen bohren sich in mich, und ich ziehe die Schultern hoch.

"Welchen Nutzen habe ich davon, dich zu bestehlen?" Ich weise ihn darauf hin, als mir klar wird, dass Mad nach einem Weg suchen muss, die Ash-Wölfe immun gegen die Infizierten zu machen, da der X-Clan davon nicht betroffen ist. Er muss denken, dass die Antwort in diesem Serum liegt. Wir haben jahrelang darüber geredet, ein Mittel zu finden.

Verdammter Mistkerl! Warum zum Teufel hat er mir das nicht vorher gesagt, bevor er diese Nummer abgezogen hat?

"Ich will unseren Handel nicht belasten", sagt Ander. "Und ich glaube, du warst dir ihrer Handlungen nicht bewusst."

"Ich werde mich persönlich schnell um diese Angelegenheit kümmern und dir das Serum zurückgeben. Du hast mein Wort. Ich nehme an, die beiden haben dein Territorium bereits verlassen?"

Meine Haut brennt vor Wut.

Er nickt, und wir sprechen weiter über den Ernst der Lage und darüber, wie wir unseren Handel in Zukunft besser absichern können. Innerlich koche ich vor Wut und bin bereit zu explodieren. Sobald ich die beiden in die Finger kriege, können sie froh sein, wenn sie noch einen weiteren Tag atmen können.

15

Bardhyl

Schweiß rinnt mir den Rücken hinunter, als ich das Bad betrete. Dampf steigt von der Oberfläche des Bades auf, und das Erste, worauf mein Blick fällt, sind zwei junge Beta-Frauen in einer Ecke des Bades, die sich unterhalten. Viele nutzen den Ort zum Entspannen. Sie stehen sich gegenüber, das Wasser steht ihnen bis zum Hals, und erst als sie in meine Richtung schauen, neigen sie den Kopf.

Für mich gibt es keine Verbindung zu Beta-Weibchen. Sie sind nicht kompatibel mit Alphas ... es läuft alles auf eine Verknotung hinaus. Ihre Körper geben keine Pheromone ab, die unsere Verknotung und Schwellung auslösen. Vor einiger Zeit erzählte mir Dušan eine barbarische Geschichte von einer Beta-Ash-Wölfin, die von einer Gruppe Alphas vergewaltigt wurde. Sie hatten die Tochter der Frau im Zimmer gefangen, um die Omega in hervorzulocken, damit die Männer sich verknoten konnten. Die Sache ist die, Betas sind nicht für den Knoten gebaut, so wie eine Omega es ist.

Die arme Frau starb, und die Tochter, Daciana, war danach nur noch ein Schatten ihrer selbst. Dušan hatte keine andere Wahl, als sie zum X-Clan zu schicken, weil sie nach dieser schrecklichen Tortur auf keinen Fall akzeptieren würde, mit den Ash-Wölfen zu leben. Dušan schlachtete die Alphas mit bloßen Händen ab, als er das herausfand. Ich hätte dasselbe getan, aber ich hätte mir Zeit gelassen, damit sie jeden qualvollen Schmerz spüren.

Nach dem, was ich gehört habe, ist Daciana mit ihrem neuen Arrangement in Anders Rudel jetzt ziemlich zufrieden.

Als ich mich am Bad vorbeischleiche, begegne ich Luciens Blick von der anderen Seite des Raumes. Er steht mit dem Rücken an die Backsteinwand gepresst, aber er richtet sich auf, als ich mich ihm nähere.

"Willst du wieder mit den Frauen baden?",

scherzt er, und wir umarmen uns mit einem Klopfen auf dem Rücken.

"Vielleicht komme ich zurück, wenn die Omegas zum Baden kommen." Ich grinse und zwinkere ihm zu. Bis die Omegas ihren Partner gefunden haben, steht dem Spaß nichts im Wege.

"Du hast mich also ausfindig gemacht. Wer sucht nach mir?", fragt er.

"Schwer, dich nicht aufzuspüren, Kupel. Ich kann sie überall an dir riechen und das ganze Rudel redet darüber, dass du Dušans Omega im Wald gefickt hast."

"Fuck!" Er reibt sich eine Hand über den Mund. "Ich nehme an, Dušan hat nach mir gefragt, oder?"

Ich nicke. "Aber geh erst zu Mariana. Sie hat Meiras Blutwerte, die du angefordert hast. Mad war auch in ihrem Laborraum und ist die Ergebnisse durchgegangen. Als ich ihn zur Rede stellte, sagte er mir, ich solle mich selbst ficken."

Lucien versteift sich. "Dieser Wichser ist zurück?" Lucien spuckt. "Weiß Dušan davon?"

"Nein, verdammt. Die hinterhältige Ratte kam rein, ohne jemandem etwas zu sagen. Ich habe ihn erst gesehen, als ich nach Mariana sah, weil ihre Mutter gestorben ist."

"Verdammt, die Scheiße wird explodieren, und Dušan wird brodeln." Lucien schüttelt den Kopf, Wut peitscht sein Gesicht. Die Sehnen in seinem Nacken zucken, ebenso wie der Nerv an seiner Schläfe.

"Okay, du bleibst hier und bringst Meira in ihr Zimmer, sobald sie mit der Dusche fertig ist."

"Du gehst. Ich übernehme das hier", sage ich.

Er nickt mir zu und marschiert aus dem Bad. In Wahrheit hat Dušan Lucien wegen eines Gesprächs angerufen, das er mit dem Alpha des X-Clans geführt hat. Ich bezweifle, dass unser Alpha heute Morgen überhaupt aus seinem Büro herausgekommen ist oder mit jemandem gesprochen hat, um die grassierenden Gerüchte zu hören. In Wahrheit bin ich nicht überrascht, da die kleine Begegnung, die ich mit Meira hatte, mich völlig hypnotisiert hat. Und ich habe alles in meiner Macht stehende getan, um nicht zu ihr zurückzukehren ... Lucien hat offensichtlich versagt.

In Dänemark ist es üblich, dass die Weibchen mehr als einen Partner haben. Die Frage ist eher, ob Dušan dafür offen ist, weil es hier nicht üblich ist.

Eine Bewegung aus dem Duschraum lenkt meine Aufmerksamkeit auf die sich öffnende Tür, aus der Meira in sauberer Kleidung und einem lila Kleid, das an ihrem Arm hängt, heraustritt. Ihre nassen Haare hat sie aus dem Gesicht geschoben. Schwarze Leggings schmiegen sich an ihre herrlich durchtrainierten Beine, und ein blaues Wickeloberteil mit tiefem V-Ausschnitt folgt jeder Kurve ihrer höllisch sexy Titten.

Ich sage nichts, warte nur darauf, dass ihr wandernder Blick den meinen trifft.

"Hey, Angel Legs." Mein Blick schweift zu den Wassertropfen aus ihrem Haar, die ihr über die Schultern perlen und vorne an ihrem Dekolleté herunterrollen.

Der Puls in meinem Hals klopft wild, meine Leiste schmerzt.

"Das letzte Mal, als ich dich gesehen habe, hast du mich in ein Haus gestoßen."

Ich hebe eine Braue. "Du bist hineingefallen, nachdem du mich geküsst hast."

Ihre Wangen röten sich, und ich genieße es, ihr beim Erröten zuzusehen und mich zu fragen, ob sie diese Farbe hat, wenn sie gefickt wird. Der Gedanke lässt meinen Schwanz in meiner Hose spannen.

Sie hebt ihr Kinn hoch, ihre Kieferpartie ist angespannt. "Wo ist Lucien?"

"Du hängst mit mir fest, Sahneschnitte. Er musste zu Dušan gehen."

Ihre Augen weiten sich und sie versteift sich, als sich ihr Mund öffnet, aber die Frage kommt nicht. Ich weiß genau, was sie fragen will, aber ihre Worte kommen nicht.

"Komm. Ich begleite dich in dein Schlafzimmer."

Sie studiert mich, durchschaut mich und fragt

dann: "Vielleicht können wir uns ein bisschen draußen hinsetzen? Drinnen ist es so stickig an so einem schönen Tag." Ich höre die Angst in ihrer Stimme.

"Natürlich", sage ich und nehme ihr lila Kleid, das ich in einen Eckkorb für die gemeinschaftliche Wäsche lege. Dann schlendern wir aus dem Bad und biegen links in den Flur ein. Wir gehen an einem Pärchen vorbei, deren Geflüster uns erreicht.

"Sie ist schon mit einem anderen Mann zusammen?"

Ich schüttle den Kopf über die Gerüchteküche in diesem Ort.

"Dušan ist sehr territorial, aber er ist auch ein großzügiger Alpha", sage ich zu Meira, die das Paar, an dem wir vorbeigehen, nicht zu bemerken scheint.

"Warum sagst du das zu mir? Gibt es etwas, das du mir sagen willst?" Sie fummelt an den Spitzen ihrer langen, braunen Haare herum.

"Gibt es etwas, das *du* mir sagen willst?"

Sie lacht halb, als sie mich ansieht, dann, als wir eine gewölbte Nische erreichen, dreht sie sich schnell zu mir um. "Du weißt es, nicht wahr? Über mich mit Dušan und Lucien. Ich kann es an dem Grinsen sehen, das du zu verbergen versuchst. Also sag mir ... Wird Dušan Lucien wehtun? Gott, du musst etwas wissen. Du musst es mir sagen." Ihre Stimme steigert sich.

Ihre Panik treibt meinen Puls in die Höhe, aber ich halte meine Hände in einer spielerischen Kapitulation hoch und schenke ihr ein kleines Lächeln. "Nun, ich weiß, wenn sich ein Wolf einmal mit einem anderen Wolf verbunden hat, ist das für das ganze Leben. Und ich weiß auch, dass bis zu deiner ersten Verwandlung keiner der beiden Alphas dich wirklich als die Seine markieren kann, selbst wenn ihr als Paar bestimmt seid, oder andere davon abhalten kann, zu versuchen, dich als ihren Paarungspartner zu markieren."

Das Summen von Adrenalin klingt in meinem Kopf, zusammen mit meinem Wolf, der nach Erlösung drängt. Er sieht so viel in Meira ... Ich hatte gehofft, dass meine früheren Gefühle nur eine körperliche Anziehung wären. Aber ich habe noch nie eine solche Intensität gespürt, die mich durchschüttelt.

Ihr Atem stockt, und sie spürt es auch. Sie weicht zurück, ihre Augen weiten sich vor Schreck.

Hastig wendet sie an mir ab, ohne mich zu berühren. Ich schließe zu ihr auf, als wir den Hintereingang der Festung erreichen, der in den Wald der Siedlung führt.

Bevor wir in diese Richtung abbiegen, durchschneidet ein markerschütternder Schrei die Luft.

Meira zuckt zusammen und stößt mit mir zusammen. Ich lege einen Arm fest um ihre Taille und halte sie in meiner Nähe.

Eine Explosion von Schreien und etwas, das wie eine Massenpanik klingt, verschluckt plötzlich jedes Geräusch. Mein Herz schlägt mir bis zum Hals und zwei Beta-Männchen stürmen erschrocken durch den gewölbten Eingang.

Mein Adrenalinspiegel steigt und ich wende mich an Meira. "Lauf nach oben in dein Schlafzimmer. Schließ dich ein und geh nicht weg."

Sie zittert. "Was ist hier los?"

"Das werde ich gleich herausfinden. Jetzt geh!" Ich drehe sie an den Schultern und schiebe sie zu den Stufen. Sie hält sich am Metallgeländer fest und stürmt hinauf, wobei sie mich mit Angst in den Augen anschaut.

"Ich komme zurück und hole dich. Geh!", brülle ich.

Sie dreht sich um und rennt nach oben, während ich mich nach draußen stürze, um herauszufinden, was zum Teufel hier los ist.

Meira

Panik pocht durch meine Brust. Ich kenne diese Nummer. Ich habe es schon zu oft gesehen, und die Angst, die ich fühle, ist nicht um mein Leben. Ich fürchte um dieses Rudel, um die Alphas, denen ich nicht widerstehen kann.

Ich bleibe auf halber Höhe der Treppe abrupt stehen und drehe mich um, um kein Zeichen von Bardhyl zu finden. Er ist verschwunden.

Schreckliche Schreie ertönen von draußen, zusammen mit Rufen und diesem unter die Haut gehenden Stöhnen, das ich nur zu gut kenne. Die Geräusche des totalen Chaos erschüttern meine Welt.

Ich klammere mich an das Geländer, meine Beine zittern. Ich spüre, wie mir das Blut aus dem Gesicht weicht, denn in diesem Rudel sollten wir sicher sein. Die hohen Metallwände, die mächtigen Alphas, die Wachen mit Waffen. Sie haben verdammte Sicherheit versprochen!

Das kann nicht schon wieder passieren ... bitte, nicht schon wieder.

Ich muss mich bewegen, aber einige Momente bin ich wie gelähmt, als ich mich an den Verlust meiner Mama erinnere, an das Massaker in der Siedlung und an all diese Leichen.

Mein Herz krampft sich mit unerträglichem Schmerz zusammen, meine Augen quellen über vor Tränen, als jeder Faden der Trauer, an dem ich festgehalten habe, mich zerreißt.

Alles, was ich vor mir sehe, ist Mama auf dem Boden, das Blut strömt aus der tiefen Wunde an ihrer aufgerissenen Kehle. Meine Wangen sind durchnässt von heißen Tränen, und ich wische sie wütend mit meinen Fingern weg.

Schnell und leise.

Aber ich will mich nicht verstecken.

Bevor ich mich aufhalten kann, renne ich die Treppe wieder hinunter und stürze nach draußen. Die Wälder innerhalb der Siedlung sind direkt vor der Tür.

Zwischen den Bäumen rennen Wandler um ihr Leben, Wölfe in Tiergestalt, und der Zaun der Siedlung zu meiner Linken ist aufgerissen, als wäre etwas durch ihn hindurchgefahren.

Die Untoten strömen mit solcher Geschwindigkeit in die Siedlung, dass mir schwindlig wird - nichts hält die Infizierten auf. Zerrissene Kleidung, aufgefetzte Haut, tödliche Wunden, fehlende Körperteile - nichts hält die Infizierten auf.

Eis schneidet durch mich, und ich kann kaum noch atmen. Meine Hände zittern, als ich meinen Bauch umklammere, den Stoff meines Hemdes greife und ihn vor lauter Angst verdrehe.

Eine Frau fällt vor mir auf die Knie, ein schlaksiger Untoter stürzt sich auf sie.

Mein Herz stockt und der Instinkt setzt ein. Ich stürze nach vorne, greife einen Ast vom Boden und schlage ihm der Kreatur fest ins Gesicht, bevor sie zubeißen kann.

Das Ding zuckt zurück und gibt der Frau Zeit, sich aus dem Staub zu machen. Zur Sicherheit schlage ich den Stock immer wieder in das Gesicht der Kreatur, bevor ich das spitze Ende in sein Gesicht ramme, das Auge durchstoße und das Holz in sein Gehirn treibe. Es macht ein schmatzendes Geräusch, als das Schattenmonster verstummt und zusammenbricht. Ich taumle rückwärts von der endlich wirklich toten Kreatur weg und schlucke an dem Kloß in meiner Kehle vorbei.

Ich sprinte tiefer in den Wald hinein und helfe jedem, den ich in Schwierigkeiten sehe, so gut ich kann - mit Steinen, um den Untoten die Köpfe einzuschlagen, mit Ästen - irgendetwas, um diese Schlacht zu gewinnen.

Ein ohrenbetäubendes Heulen zerreißt die Luft, und ich zucke zurück, um Bardhyl zu sehen, der sich sein Hemd vom Leib reißt und sich bereits in den größten Wolf verwandelt hat, den ich je gesehen habe. Mit seinem weißen Pelz und den schwarz gespitzten Ohren ist er atemberaubend, als er den Kopf hebt und ein Heulen ausstößt.

Ein Mann mit einem verkrüppelten Arm und ohne Lippen stürmt hinter ihm her, aber Bardhyl dreht sich blitzschnell um und schlägt mit seiner massiven Pranke nach dem Monster und zerfetzt seine Brust bis auf die Knochen. Ein weiterer Hieb, und sein Kopf wird abgerissen. Die kopflose Kreatur bröckelt und zuckt, der halbe Brustkorb ragt heraus und ist gebrochen.

Ein weiteres Schattenmonster, den Inhalt seines Magens hinter sich herziehend, stürzt sich auf den Alpha. Mir wird schlecht, aber ich schieße trotzdem nach vorne, um den Angriff abzufangen, und stoße meine Hände in die knochige Brust, gerade als es nach Bardhyl greift. Ich stoße ihn mit meinem Schwung zu Boden und schlage den Stein in meiner Hand auf seinen Kopf, immer und immer wieder, wobei Blut und Innereien herausspritzen.

Ich klettere von ihm herunter, wobei mir von dem Anblick übel wird, und atme scharf ein. Bardhyl schiebt sich an mir vorbei, seine Augen verengen sich und in seinem Blick liegt Akzeptanz der Notwendigkeit, unseren Feind anzugreifen. Dann stürzt er sich auf eine Horde Untoter, die auf ihn zukommt.

Ich verliere keine Zeit und eile auf die Lücke im Zaun zu, ich muss irgendwie verhindern, dass noch mehr hereinkommen.

Ich schiebe mich an den Untoten vorbei und husche um die Bäume herum, vorbei an kämpfenden Wandlern.

Der verdrehte und verzogene Zaun ist nach

vorne gebogen, offensichtlich von einem Fahrzeug niedergefahren.

Jemand packt mich am Handgelenk und zerrt mich aggressiv heran, mein Herz rast bei dieser Bewegung.

Ich umklammere den blutverschmierten Felsen über meinem Kopf, während ich stolpernd auf die Füße komme, und stehe dann dem weißhaarigen Alpha aus dem Flugzeug gegenüber, dem ich Wochen zuvor entkommen war.

Ein Keuchen kommt mir über die Lippen. "Mad!" *Was macht er denn hier?*

Er schlägt mir auf den Handrücken, und mein Stein fliegt mir aus der Hand. "Dušan hat dich also doch gefunden." Er schnuppert an der Luft, dann grinst er, weil er die Gerüche der Alphas an mir wahrnimmt. "Du hast deine Zeit nicht vergeudet, was, Schlampe?"

Ich schlage meine Faust in seine Brust, dann schlage ich mit der freien Hand auf sein Gesicht, die Nägel kratzen an der Seite seiner Wange und reißen die Haut auf.

Wut verwandelt seinen Ausdruck in eine hässliche Fratze, als seine Faust schwingt und dann die Seite meines Gesichts trifft.

Meine Beine geben nach und ich falle zu Boden, eine Explosion von Schmerz breitet sich von meinem Gesicht über meinen Schädel aus. Ich halte mir die verletzte Seite meines Kopfes und schreie vor Schmerz.

Er packt mich an den Haaren, dann zerrt er mich auf die Beine, und ich halte meine Haare, um den Schmerz zu stoppen. Tränen rinnen mir über das Gesicht. Er packt meine Haare fester und zerrt meinen Kopf heftig zurück, bringt sein Gesicht nahe an meines. Seine eisblauen Augen durchbohren mich mit Gift.

"Ich weiß, was in deinem Blut ist, warum die Infizierten dich nicht anfassen. Deine Bluttests zeigen das alles." Er spuckt mir die Worte entgegen. "Aber ich kann nicht zulassen, dass du meine Pläne ruinierst, Meira. Ich kann nicht zulassen, dass du sie überhaupt ruinierst."

Er ergreift meinen Kiefer mit seiner Hand und drückt zu. Ich wimmere vor Schmerz und aus Angst, was dieser Alpha mit mir machen wird. Der gierige Blick in seinen Augen ist der Grund, warum ich nicht will, dass jemand die Wahrheit herausfindet. Warum ich niemandem erzähle, dass ich immun gegen die Untoten bin.

Jemand stößt mich in den Rücken und ich werde gegen Mad geschubst. In diesem Bruchteil eines Moments löst sich sein Griff. Ich ramme ihm meine Hände in die Brust und lässt ihn zurücktaumeln.

Ich drehe mich auf den Fersen um und springe einfach in den Fluss aus Untoten in meinem Rücken.

Mad wirbelt zurück, erhebt sich vom Boden, seine Augen spucken Hass aus, seine Hände sind zu Fäusten geballt, aber als die Infizierten sich ihm zuwenden, zieht er sich zurück und rennt.

Das Bedürfnis zu fliehen, pocht in meinem Kopf. Ich werde hier niemals sicher sein, nicht mit Wölfen wie ihm, die in mir eine Chance sehen, sobald sie mein Geheimnis entdeckt haben.

Luciens Worte dringen in meine Gedanken ein. *Wenn es so ein Elixier gäbe, würde der Kampf um seine Kontrolle in Blutvergießen enden.* Er hat recht. Die Wölfe werden töten, um an mich heranzukommen ...

Ich verfluche mich selbst und schlage mir eine Handfläche gegen die Seite meines Kopfes. *Dumm. Dumm. Dumm.*

Warum habe ich geglaubt, dass dieser Ort anders sein könnte? Warum habe ich mich den Alphas genähert?

Meine Füße bewegen sich bereits auf den zerstörten Zaun hinter mir zu. Mein Herz zersplittert langsam.

Diese Untoten, die Ursache für den schrecklichen Zustand der Welt, streifen an mir vorbei und retten mich unwissentlich.

Ich hebe meinen Blick zum Kampf, nur um festzustellen, dass Dušan und Lucien mich vom Eingang der Festung aus anstarren. Sie sehen mich inmitten des Feindes schwimmen, ohne angegriffen zu werden.

Eine Armee von Untoten wimmelt zwischen uns, weitere strömen in die Siedlung und drängen sich an mir vorbei.

Und die Alphas sehen das alles jetzt. Sie sehen mich, mein wahres Geheimnis. Die eine Sache, die mich zu einem Laborexperiment macht.

Adrenalin pumpt durch meine Adern, und ein ungutes Gefühl trübt meine Gedanken.

Ich kann nicht hier sein. Ich kann keinen Krieg in ihr Zuhause bringen.

Mein Herz zersplittert in tausend Stücke zwischen der Flucht, damit ihr Rudel nicht in den Krieg zieht, und dem Bleiben, um ihnen zu helfen, die Siedlung zu retten.

Ein Kloß bildet sich in meiner Kehle, ich sehne mich bereits nach der Verbindung, die ich mit den Alphas habe. Ich sehne mich nach der Intimität. Bewundere, dass Dušan sein Bestes getan hat, um mich zu beschützen. Mein Kopf schwankt in zwei Richtungen.

Ich schaudere, als ich Mad auf einem Balkon der Festung erspähe, wie er mich beobachtet ... er ist ein Krebsgeschwür, ein Blutsauger, und ich weiß, dass er alles tun wird, um mich zu zerstören, selbst wenn das bedeutet, das Rudel zu eliminieren.

Ich straffe meinen Rücken und drehe mich um,

um aus der Siedlung zu fliehen. Das ist es, was ich in dem Moment hätte tun sollen, als ich hier ankam.

"Meira!" Dušans Stimme verhallt hinter mir.

Ich kann nicht hierbleiben. Ich kann nicht riskieren, dass sie alles verlieren. Die Alphas sind stark. Sie werden mit Klauen und Zähnen kämpfen.

Der Schmerz, sie zurückzulassen, drückt mein Herz zusammen, aber ich höre nicht auf wegzulaufen. Das werde ich nie.

Schnell und leise.

Dušan

Sie ist weg, und alles, was ich sehe, bevor sie geht, ist die Angst in ihren Augen. Die Infizierten zogen an ihr vorbei, als würde sie nicht existieren. Ich stürze mich nach vorne, aber Lucien hält mich am Arm fest und stoppt mich.

"Dušan, ich habe Meiras Bluttestergebnisse von der Probe, die ich bei ihrer Ankunft entnommen habe." Lucien verschluckt sich an seinen Worten.

"Und?" Ich schnappe zu und kann nicht aufhören, hinaus in den Wald zu starren. Aber ich muss meinen Kopf geradehalten. "Ich muss für meine Wölfe kämpfen. Das kann warten." Aber ich kann Meira nicht verlieren. Meine Atemzüge stolpern in mir.

"Scheiße, hör mir nur eine Sekunde zu." Er saugt einen tiefen Atemzug ein. "Meira hat Leukämie. Und es breitet sich in ihrer menschlichen Form aus. Mariana sagt, die Krankheit, vermischt mit ihrer Wolfsseite, macht sie immun gegen die Infizierten."

Ich schüttle den Kopf und versuche, seine Worte zu verstehen, während ich mich an meinen Dritten wende. Ich rieche sie überall an ihm und balle meine Fäuste. Aber ich kann durch meine Wut nicht klar sehen.

"Also, was ist es dann? Ihr krankes Blut ist immun gegen die Untoten? Sie ist das Heilmittel, von dem alle träumen und kann unserem ganzen Rudel helfen? Eine Lösung, die uns den Krieg bringen wird, wenn alle davon erfahren?"

"Ja. Aber da gibt es ein Problem."

Ich schlucke hart und knurre. "Was könnte denn noch schlimmer sein?"

"Die Leukämie breitet sich schnell in ihrer menschlichen Seite aus, und sie hat nicht mehr lange Zeit, bis ihr Körper stirbt. Dann wird die Bestie aus ihrem Körper reißen." Er starrt mich an, und wir denken beide das Gleiche, bevor er es ausspricht. "Es wird nichts mehr von ihr übrig sein."

Mein Herz spaltet sich in zwei Hälften, und die Welt um mich herum verschwindet. Jede Emotion trifft mich auf einmal - Angst, Frustration, Furcht und Herzschmerz. Sie packen mich und zerfetzen mein Inneres, während sich alles, was Lucien gesagt hat, in meinem Kopf abspielt. Der Schlamassel, in den sich das hier verwandeln wird, gepaart mit Mads Rückkehr und dem zufälligen Durchbruch unseres Zauns, lässt mein Blut kochen.

"Wie lange hat sie noch?" Ich balle meine Fäuste, meine Knöchel werden weiß.

"Höchstens ein oder zwei Wochen, denkt Mariana. Ich bin überrascht, dass sie so lange überlebt hat." Seine Worte sind angestrengt.

Schweigen bricht zwischen uns aus. Alles, woran ich denken kann, ist die Sehnsucht in meinem Herzen, der scharfe Schmerz, der mich daran erinnert, dass sie dazu bestimmt ist, eine von uns zu sein.

Und sie ist weggelaufen, weil sie wusste, dass wir ihr Geheimnis herausgefunden haben.

Heilige Scheiße, Meira. Warum weglaufen? Kein Geheimnis könnte uns dazu bringen, dich weniger zu wollen.

"Hurensohn!" Ein Heulen reißt aus meiner Kehle. "Lucien, lass uns jeden verdammten Infizierten töten. Dann fordern wir unsere Gefährtin."

Luciens Augen weiten sich vor Überraschung, dann nickt er. "Wir stecken da zusammen drin."

Ein furchterregender Schrei ertönt in der Luft und wir fahren beide zu dem Geräusch herum. Die schiere Anzahl der Untoten vor uns ist erschreckend ... Ich habe noch nie so viele in der Nähe unserer

Siedlung gesehen. Wölfe rennen in alle Richtungen. Das Chaos erwürgt unser Zuhause.

Ein Schauer läuft mir über den Rücken und ich bete zum Mond, dass wir den nächsten Tag erleben werden. Mit einem Blick auf Lucien stürzen wir uns beide in den Kampf.

Klicke für Von Wölfen Beansprucht

DANKE, DASS SIE VON WÖLFEN VERFÜHRT LESEN

Bewertungen sind super wichtig für Autoren und helfen anderen Lesern besser zu entscheiden, welche Bücher Sie lesen werden.

Holen Sie sich eine Kopie von **Von Wölfen Beansprucht** noch heute!

Entdecken Sie mehr Bücher von Mila Young und finden Sie Ihr, und sie lebten glücklich bis ans Ende ihrer Tage!

Fangen Sie an zu lesen.

Von Wölfen Beansprucht

Es ist nur eine Frage der Zeit, bis ich sie alle vernichte...

Eine wütende, blutrünstige Wölfin ist nicht das einzige tödliche Ding in mir. Also muss ich tun, was ich immer am besten getan habe. Weglaufen. Meine Alphas zu verlassen und den ersten Geschmack der Liebe, den ich je bekommen habe, ist jetzt die einzige Antwort.

Und selbst wenn das Schicksal eingreift und uns alle wieder zusammenbringt, einschließlich eines sexy neuen Alphas mit eigenen Problemen, kann ich nicht bleiben. Auch wenn es mich umbringt, zu gehen.

Der Schmerz, von ihnen weg zu sein, wird mich buchstäblich töten, aber egal, was mit mir passiert, ich kann nicht zulassen, dass sie für meine Schwäche bezahlen.

Ich kann mich nicht selbst retten, aber ich kann sie retten. Ich kann sie davor retten, zu sehen, was aus mir wird...

Aber meine dominanten Alphas sind bessere Jäger als ich Beute bin, und sie sind entschlossen, mich zu behalten, was auch immer die Kosten sind.

ÜBER MILA YOUNG

Mila Young geht alles mit dem Eifer und der Tapferkeit ihrer Märchenhelden an, deren Geschichten sie beim Heranwachsen begleiten haben. Sie erlegt Monster, real und imaginär, als gäbe es kein Morgen. Tagsüber herrscht sie über eine Tastatur als Marketing Koryphäe. Nachts kämpft sie mit ihrem mächtigen Stift-Schwert, erschafft Märchen Neuerzählungen und sexy Geschichten mit einem Happy End. In ihrer Freizeit liebt sie es, eine mächtige Kriegerin vorzugeben, spaziert mit ihren Hunden am Strand, kuschelt mit ihren Katzen und verschlingt jedes Fantasymärchen, das sie in die Finger bekommen kann.

Für weitere Informationen...
milayoungauthor@gmail.com

www.ingramcontent.com/pod-product-compliance
Lightning Source LLC
Chambersburg PA
CBHW050147120726
47903CB00002B/528